Lorenz Frey
Lügen haben lange Beine

Lorenz Frey

Lügen haben lange Beine

Roman

Edition LEU
Verlags- und Medien GmbH
Earhart-Strasse 9/23, CH-8152 Glattpark
www.edition-leu.ch

Originalausgabe 2015

Copyright:
Edition LEU
Verlags- und Medien GmbH
Earhart-Strasse 9/23
CH-8152 Glattpark
Alle Rechte vorbehalten

Kontakt:
www.edition-leu.ch
info@edition-leu.ch

Lektorat:
Al'Leu

Gestaltung:
Res Perrot

Herstellung:
AZ Druck und Datentechnik GmbH

ISBN 978-3-85667-132-7

Vorwort

Paul Bütikofer, der aussergewöhnlich erfolgreiche Global Player aus dem Roman «Die Wahrheit beginnt mit einer Lüge», ist am Tiefpunkt seines beruflichen Werdegangs angekommen. Er erhält vom Sozialamt einen niederschwelligen Arbeitsplatz, nachdem ihn sein missglückter Selbstunfall beinahe unter den Boden gebracht hätte.

Sein Lebenswille ist mindestens so stark und zäh wie der einer Katze. Alle seine bisherigen wirtschaftlichen Spitzenleistungen haben ihren Glanz verloren. Er hat keine andere Wahl, er muss in den berüchtigten sauren Apfel beissen.

Paul Bütikofer bleibt auch in dieser für ihn äusserst unangenehmen Situation mit Leib und Seele Unternehmer. Er entdeckt bald das grossartige Karrierepotenzial, das in der Institution ‹Sozialamt› schlummert.

Mit Logik, Raffinesse, Ideenreichtum und Konsequenz baut er Zug um Zug seinen beruflichen Aufstieg aus. Das Ziel ist die Rückeroberung seiner früheren Privilegien und des ihm seiner Meinung nach zustehenden Lebensstandards …

Lorenz Frey folgt Paul Bütikofers skurrilem Lebenswandel mit ironischer Schärfe und verweist in seinem Roman darauf, dass das Leben oft gerade dann seinen humoristischen Höhepunkt hat, wenn es besonders tragisch erscheint …

Al'Leu

Ich danke
Bea, Claudia, Christoph und Guido für ihre kritischen Kommentare und ihre Unterstützung.

Hinweis
Mein Beruf ist es, öffentliche Verwaltungen zu beraten. Man könnte deshalb auf die Idee kommen, dass einige Dinge in der Geschichte von Bütikofer tatsächlich passiert sind. Dies ist nicht der Fall. Die Geschichte und alle darin vorkommenden Personen sind frei erfunden. Die Geschichte spielt in der Gemeindeverwaltung Erlenbach, weil Bütikofer bereits dort wohnte, als er nicht im Entferntesten daran gedacht hätte, in einer Verwaltung zu arbeiten.

Es war hell, aber er sah nichts. Bütikofer lag – oder schwebte er? Er konnte es nicht sagen. Alles war verschwommen, wie im dichten Nebel, in dem man die Hand nicht vor den Augen sieht. Von weit her war ein Geräusch zu hören, das Bütikofer nicht zuordnen konnte. «Sieht so der Himmel aus?», fragte er sich. «Eine weiche Wolke, man liegt bequem, ein Getränk neben sich – selbstverständlich alkoholfrei?» Bütikofer hatte es zwar nicht so mit dem Glauben, daran erinnerte er sich noch, aber man konnte ja nie wissen. «Man muss sich immer alle Optionen offen halten», ging es ihm durch den Kopf, und dieser Gedanke kam ihm wie ein alter Weggefährte vor. Nur dass ihm dessen Name nicht mehr einfallen wollte.

Bütikofer taumelte zwischen Schlaf und Bewusstsein, wobei Bewusstsein bereits übertrieben war. Momente, in denen er wusste, dass er nicht träumte, aber keine Ahnung von Zeit und Ort oder seiner Person hatte. «Wo bin ich?», fragte er sich dann. «Wer bin ich? Heisse ich Bütikofer? Oder bin ich Häberli, der Werber? Habe ich nicht einen Firmen-Prospekt entworfen? Oder war ich Chef einer Firma?» In solchen Phasen tanzten Erinnerungsfetzen wie verfärbte Herbstblätter im Raum, drehten sich, verblassten, bevor neue heran wirbelten, sich die Hand gaben und wieder lösten. Bütikofer kam es vor, wie eine Powerpoint-Präsentation auf Drogen. Eine Maschine, die sich verselbständigt hatte und ihm jetzt das Leben vorgaukelte. Einmal sah er eine Tausendernote, die zu seiner rechten Seite in den Raum schwebte, und wie aus dem Nichts tauchten weitere Noten auf und verbanden sich zu einem Knäuel, dann zu einem Ball, der sich immer schneller um die eigene Achse drehte und schliesslich als riesige Lawine auf der linken Seite aus seinem Blickfeld stürzte. Ein anderes Mal stand eine Frau vor ihm, er dachte zumindest, dass es eine Frau sein musste, er konnte nur eine unscharfe Silhouette ohne Gesichtszüge erkennen. Trotzdem meinte Bütikofer das schiefe Lachen einer Frau zu sehen, ein spöttisches Lachen, das Lachen einer Herrscherin, die ihren Untertan gerade zum Schafott befohlen hatte. Mit einem Bedauern im Ausdruck, das unentschlossen war, ob es nicht eher Enttäuschung sein sollte. Isabella, Königin von Kastilien und Leon, die ihn der Inquisition übergab? Nemesis, die Göttin des gerechten Zorns? Bütikofer dachte, dass ihm ein Rätsel gestellt wurde und nur dessen Lösung ihn aus dem Nebel befreien konnte.

Einmal war er in der Nacht erwacht, sein Körper glühte vor Hitze, er spürte den Schweiss im Nacken und auf der Brust. Vor sich sah er ein Feuer. Die Flammen züngelten und lechzten, gierig und unersättlich, und Geldnoten fielen von der Decke herab und verbrannten. Manche machten dabei einen Knall, wie bei einem Feuerwerk, andere zischten und hinterliessen eine kleine Dampfschwade. Unmengen von Geldnoten fielen herab und verschwanden, bis am Ende nichts mehr blieb, ausser einer heiss schwelenden Glut. «Vielleicht bin ich doch in der Hölle?», ging es Bütikofer durch den Kopf, und er meinte zu spüren, dass seine Füsse brannten. Er konnte sich in dem Moment nicht sicher sein.

«Wieso sehe ich dauernd Geld, das im Nichts verschwindet?», rätselte Bütikofer in einem scharfsichtigen Augenblick.

Trotz seiner Benommenheit war ihm dieses sich wiederholende Thema aufgefallen.

«Habe ich Geld verloren? Habe ich investiert? Hat mich jemand betrogen?»

Bütikofer war voller Fragen, um sich in der nächsten Sekunde wieder leer zu fühlen. Manchmal schlief er, manchmal war er wach, manchmal sah er nur dichten Nebel, dann wieder recht eigenartige Dinge. Gerade tauchte vor seinen Augen ein Elefant auf, langsam und wie auf Rädern glitt er lautlos auf Bütikofer zu, und Bütikofer meinte ein Blinzeln zu erkennen, aber ein Blinzeln, das viel mehr war als nur eine Geste, ein Blinzeln, das sagte: «Sind wir uns nicht schon einmal begegnet? Habe ich dir nicht schon einmal Angst eingejagt? Habe ich dir nicht gesagt, dass du hier nichts zu suchen hast?»

«Bin ich in Afrika?», fragte sich Bütikofer bei dieser Erscheinung. «Bin ich auf einer Safari? Oder liege ich am Strand in Tansania?» Bütikofer wurde plötzlich wieder sehr warm. Er schwitzte. «Höre ich ein leises Wellenrauschen? Warum bin ich alleine? Wo ist meine Badehose? Wo ist mein Tuch? Wo ist mein Geldbeutel? Wo ist …?»

Bevor sich der Gedanke zu Ende bilden konnte, schlief Bütikofer wieder ein.

Bütikofer hörte ein Piepsen, das sich regelmässig wiederholte. Er konnte nicht sagen, woran es ihn erinnerte. An einen Bancomaten? An ein Auto, das rückwärts fuhr? Unvermittelt sah Bütikofer das Gesicht von Häberli ganz nah an dem seinen, von unten, so wie wenn er selbst am Boden liegen würde. Er sah Häberli den Mund öffnen und schliessen, die Augen weit offen, verzweifelt. Aber er hörte keine Stimme. Er sah jede einzelne Kontur des verbrauchten Gesichtes von Häberli. Zeit, die sich in Falten eingenistet hatte. Nächte, deren Schatten nicht mehr schwinden wollten. Er sah die kleine Narbe über der linken Augenbraue, die sich Häberli als Kind eingefangen hatte. Er war damals auf den Holzplanken ausgeglitten, als ihm die Frau nachrannte, die er durch die Spalten in der Garderobe beim Umziehen beobachtet hatte, ein nachhaltiger Schaden für ein beschränktes Vergnügen, wie Häberli immer nach dem dritten oder vierten Glas Wein zu erzählen begann. Bütikofer sah die Spuren des Lebens im Gesicht von Häberli. Er sah, wie die Zeit zerrann und sich davon stahl. Eine Sanduhr, deren obere Hälfte sich unerbittlich leerte und nicht mehr gedreht werden konnte. Eine Badewanne, deren Wasser abfloss und am Schluss etwas röchelte, so wie in der Badewanne, in der er als Kind immer so gerne gelegen hatte.

«USA!», schoss es Bütikofer im nächsten Moment durch den Kopf – seine Gedanken hatten etwas Launisches, wie wenn sie sich freuen würden, einmal ohne Aufsicht zu sein. Bütikofer sah ein wehendes Sternenbanner.

«Automatischer Informationsaustausch!» – ein erneuter Gedankenblitz.

«Einfrieren von Guthaben!»

«Einfrieren, einfrieren! Ein Gefrierfach, mit Eisklumpen an den Rändern!»

«Eisklumpen. Eiswürfel! Ein kühler Martini mit Eiswürfeln!»

Die Gedanken von Bütikofer spielten grob mit ihm – ein kleines Kind, das von kräftigen Kerlen hin und her geschubst und ausgelacht wird. Bütikofer fröstelte. Und erneut hörte er dieses Piepsen, das ihn eben noch an ein Auto erinnert hatte.

«Ist das ein Kühlschrank, ein offener Kühlschrank? Wieso schliesst ihn niemand? Oder eine Mikrowelle?» Alles begann sich zu drehen, schneller und schneller, ein Karussell, noch schlimmer, eine Achterbahn, und Bütikofer mit der Angst, heraus zu fallen. «Bin ich in einer Küche? Bin ich der Koch? Der Gast? Die Mahlzeit?»

Bütikofer sah sich auf einem Tisch liegen, umringt von Männern in Anzügen, die sich mit der Zunge über die Lippen strichen. In der linken Hand eine Gabel, in der rechten ein Messer, beide in den geballten Fäusten aufgestellt, wie hungrige Kinder, die nicht warten können, bis der Teller endlich mit Essen gefüllt ist. Männer in schönen, teuren Business-Anzügen, auf Mass geschnitten, aber voller Flecken, Blutflecken. Die Krawatten über die Schulter geworfen, um diese nicht auch noch zu bespritzen, mit Resten von Menschenfleisch in den Mundwinkeln. Bütikofer sah das Gesicht von Huber, CEO der Bank Zumthor, der ihn mit seinen kalten Augen fixierte und auf den Moment lauerte, auf den er so lange gewartet hatte. Den er sich schon hundertmal vorgestellt hatte: wie er mit seinen scharfen Eckzähnen Bütikofer zum Frühstück verspeisen würde, Stück für Stück, mit Butter und Zwiebeln auf geröstetem Toastbrot.

Bütikofer hörte erneut ein Piepsen, es erinnerte ihn jetzt an einen Krankenwagen, es schaukelte ihn hin und her, Reifen quietschten, Türen schlugen. Er sah Blaulicht und hörte eine Sirene, aufgeregte Stimmen, schnelle Schritte, deren Geräusche von einer Wand widerhallten. Dann wieder Türen, leise Stimmen jetzt, unaufgeregt, routiniert, jemand gab Anweisungen. Knapp. Klar.

Und wie weggesaugt von einem Staubsauger hob sich endlich der Schleier, der Bütikofer die Sicht genommen hatte. Bütikofer sah es glasklar vor sich: eine dunkle, nasse Nacht. Ein Auto mit offener Türe und laufendem Motor. Abgase, die aus dem Auspuff dampften. Ein schreiender Häberli, über ihn gebeugt. Bütikofer konnte sich selbst von aussen beobachten, wie er am Boden lag, den linken Arm seltsam verdreht. Mit seinen rahmengenähten Samt-Hausschuhen an den Füssen, schwarz, mit Ledersohlen. Wie oft hatte er schon gedacht, dass er mit seinen Hausschuhen nicht auf die Strasse gehen sollte. Dass Ledersohlen gefährlich seien, bei nassem Wetter. Dass man auf einer Treppenstufe ausrutschen könne. Oder auf einem Gas-Pedal.

«Ich bin im Spital!», realisierte Bütikofer endlich, nach drei Tagen und drei Nächten. Froh, wieder einen Orientierungspunkt zu haben, nach seiner langen Reise durch Raum und Zeit, Himmel und Hölle. Froh, wieder ans Leben angeschlossen zu sein. So kam er sich vor: Wie ein verirrtes Kind im Wald, das den Weg wieder gefunden hat.

Und trotz der drei Tage und drei Nächte währenden Absenz von der realen Welt – in jüngeren Jahren hätte Bütikofer noch darüber philosophiert, woher er wissen könne, ob die Welt wirklich ist oder er sich alles nur vorstelle – trotz seiner Absenz von der realen Welt also, von der Bütikofer gar nicht wusste, wie lange sie gedauert hatte, war er im Grunde er selbst geblieben.

«Wo ist meine Betreuung? Arbeitet denn niemand hier? Soll ich den Schuhhersteller auf Schadenersatz verklagen? Hätte man mich nicht davor warnen müssen, mit diesen Schuhen in ein Auto zu steigen?»

Dies waren seine spontanen Gedanken, als Bütikofer endlich den Weg zurück ins Leben gefunden hatte.

«Sie haben Glück gehabt, wahnsinniges Glück!», sagte der Oberarzt zu Bütikofer, der halb aufrecht in seinem Spitalbett lag, nur widerwillig bereit, an der Visite des Arztes mitzuwirken. Er kam sich vor wie ein Teil eines ehrerbietigen Hofstaates.

«So etwas habe ich in meinem ganzen Berufsleben noch nie erlebt, und Sie können mir glauben, ich habe schon einiges erlebt», sagte der Oberarzt Dr. Weidmann.

Bütikofer mochte diesen Mann nicht, penetrant gut gelaunt, absolut unpassend zu seiner eigenen Situation, wie er fand. Immer ein freundliches Wort auf den Lippen. Oberarzt! Wie konnte man überhaupt auf die Idee kommen, ihn nicht vom Chefarzt persönlich behandeln zu lassen? Wusste man hier nicht, wer er war? Er musste dies dringend klar stellen. Die Rollen waren eindeutig falsch verteilt.

«Wahnsinniges Glück!», wiederholte Oberarzt Dr. Weidmann nochmals und liess dabei seine weissen Zähne kurz aufblitzen. Bütikofer meinte, einen Stern funkeln zu sehen, wie in einer billig gemachten Zahnpasta-Werbung aus den 80er-Jahren.

«Kurz zusammen gefasst sind Sie mit dem Schrecken davongekommen», sprach die Stimme weiter – Bütikofer hatte beschlossen, diesen ihm zugemuteten Oberarzt auf eine Stimme zu reduzieren – «auch wenn Sie längere Zeit in einem Dämmerschlaf verbracht haben. Hirnfunktionen vollständig intakt, Karosserie und Fond beides noch im Schuss, um es salopp zu sagen.»

Keine Stimme mehr, nur noch eine Zunge, eine lallende, am Gaumen klebende Zunge stellte sich Bütikofer mittlerweile vor.

«Eine leichte Hirnerschütterung, ihr linker Arm wird leicht lädiert bleiben, etwas eingeschränkt in der Beweglichkeit, aber nur über Schulterhöhe. Treiben Sie Sport? Bei einigen Sportarten könnte dies ein Handicap sein.»

Aber Bütikofer wollte sich einfach nicht über diese guten Nachrichten freuen. Im Gegenteil: Handicap war für ihn nur ein weiteres Reizwort, weil ihm sofort der Gedanke kam, dass der Chefarzt sicherlich am Golfspielen sei, statt hier an Ort und Stelle seiner Verantwortung nachzukommen. War er nicht sogar an diesem Spital beteiligt gewesen, mindestens indirekt?

«Aber diese kleine Einschränkung ist das Einzige, was Ihnen von diesem Unfall bleiben wird. Sie sind ein Glückspilz, Herr Bütikofer, Sie müssen einen Schutzengel gehabt haben!», lallte es noch durch den Raum, zumindest in den Ohren von Bütikofer. Aber die Stimme des Arztes war tatsächlich klar, freundlich, motivierend.

Bütikofer wünschte sich, er möge wieder einschlafen und dann aufwachen und dieser ganze Alptraum wäre vorbei, und er würde zu Hause auf der Terrasse sitzen, die Abendsonne im Gesicht, die Zahlen des aktuellen Quartals studieren und auf den Drink warten, den ihm seine Frau gerade in der Küche zubereitete. Einen kühlen Martini. Mit Eiswürfeln.

«Was denkt denn der!», ärgerte sich Bütikofer. «Glückspilz? Ich liege im Spitalbett, fantasiere vor mich hin und mir fehlt nichts? Kann man so viel Pech haben? War ich noch in meiner schwärzesten Stunde zu bescheiden? War mein Plan nicht ein anderer?» Konnten dies tatsächlich Selbstzweifel sein, die Bütikofer plötzlich befielen?

Nein, solche Emotionen waren Bütikofer auch im Spitalbett fremd, trotz Medikamentenkonsum und möglichen Nebenwirkungen. Selbstmitleid umschrieb die Stimmungslage von Bütikofer passender. Bütikofer dachte, dass er das nicht verdient hatte. Keinen Chefarzt, nur einen Oberarzt. Keine Frau, die ihm einen Martini zubereitete. Kein Geld und keine Firma mehr. Keine Versicherung, die ihm eine lebenslange Rente für sein geplantes Schleudertrauma auszahlen würde.

Bütikofer hatte sich noch mit Fachartikeln über das Schleudertrauma eingedeckt, um die Dinge selber in die Hand zu nehmen. Alles schien doch dafür zu sprechen: Die Krankheitssymptome *Kopf- und Nackenschmerzen, Schwindel, Sprachstörungen, Unsicherheit beim Gehen und viele weitere,* die Häufigkeit *die häufigste Komplikation nach Autounfällen,* die fehlende physische Schädigung *ohne direkte Schädigung von Schädel, Gehirn, Rückenmark und Halswirbelsäule.* Dass es sich *typischerweise um einen Heckaufprall* handelte, schien Bütikofer ein irrelevantes Detail zu sein, war doch zu vieles einfach passend.

Auch die Schmerzensgeldtabelle bei einem Schleudertrauma hatte er intensiv studiert, bis er realisierte, dass das Dokument Teil einer deutschen Website war. Das erklärte auch, weshalb die Beträge in Euro angegeben und zudem, ganz nebenbei bemerkt, lächerlich tief waren. Sogar das *Gutachten zur Rechtslage betreffend Zusprache von IV-Renten in Fällen andauernder somatoformer Schmerzstörungen und ähnlicher Krankheiten unter Berücksichtigung der Rechtsprechung des Bundesgerichtes bis Herbst 2012* – in diesem Fall ohne Zweifel ein Schweizer Dokument – hatte er mehrfach studiert.

Er konnte sich immer noch nicht eingestehen, dass er es nicht verstand.

«Glückspilz? Mit dem Schrecken davon gekommen? Keine nennenswerten Schäden?» Bütikofer mochte einfach nicht glauben, dass sein Plan nicht aufgegangen war. Das hatten er und Häberli zu später Stunde doch so genial entworfen: Das alte Auto von Häberli auf die Strasse stellen. Bütikofer, der dann mit seinem Auto ins Heck fahren würde, dosiert. Ein leichter Auffahrunfall, das Auto von Häberli mit einer kleinen Beule. Ohne sichtbaren körperlichen Schaden bei Bütikofer, aber eben mit einem Schleudertrauma. Wie sollte er jetzt wieder zu Geld kommen?

«Sie haben Glück gehabt, wahnsinniges Glück!», sagte jetzt auch Herr Bänziger, der Sozialbegleiter FA des Spitals. «Das habe ich noch nie erlebt, dass man so schnell eine Lösung für eine Auffangsituation findet. Da passt einfach alles perfekt zusammen.»

«Auffangsituation? Wo bin ich hier? Beim Volleyball? In einem Kinderspiel?» fragte sich Bütikofer, der Herrn Bänziger im kleinen Besprechungszimmer gegenübersass, den Kopf leicht zur Seite geneigt, um seinen Nacken zu entlasten. In dieser Angelegenheit wollte er nichts riskieren.

«Ich habe alles, was Sie brauchen, Herr Bütikofer», fuhr Bänziger fort. «Sie können eine Sozialwohnung in Erlenbach nutzen, anderthalb Zimmer, bis auf weiteres, mindestens bis wir Ihre Vermögenssituation geklärt haben. Sie erhalten einen Vorschuss von der Sozialhilfe. Und es kommt noch besser: Ich habe in Erlenbach einen Einsatzplatz auf der Gemeindeverwaltung organisieren können!»

Bänziger war anzusehen, dass er sich nicht nur für Bütikofer, sondern auch über seinen eigenen Erfolg freute, aber die Begeisterung wollte einfach nicht auf Bütikofer überschwappen.

«Sozialwohnung? Vorschuss? Einsatzplatz?»

Die Stirn von Bütikofer konnte sich nicht noch mehr in Falten legen.

«Was denkt denn dieser Sozialheini? Wo bin ich hier gelandet? Wann kommt endlich der Chefarzt?»

Bütikofer ärgerte sich. Er fühlte sich, sagen wir, nicht standesgemäss behandelt. «Wo bleibt der Respekt gegenüber einem Unternehmer? Wer sorgt denn hier für Steuereinnahmen? Hätte ich nicht Anspruch auf eine Fünf-Zimmer-Wohnung», dachte er beleidigt, «für alles, was ich dem Staat gegeben habe? Und alles, wovon der spricht, ist ein Vorschuss?»

«Ich freue mich total, dass wir so schnell etwas gefunden haben», drängte sich die überschwängliche Stimme von Sozialbegleiter Bänziger erneut in die düstere Gedankenwelt von Bütikofer. «Das habe ich in meinem ganzen Leben noch nie erlebt, und das war einiges, das können Sie mir glauben!» Bänziger strahlte Bütikofer an.

«Reden denn hier alle gleich?» dachte Bütikofer. Er wurde einfach nicht warm mit diesem Spital. Mit dem fehlenden Chefarzt. Mit diesem Sozialbegleiter. Mit dem restlichen Personal, dem Service und seiner Situation, ganz allgemein betrachtet.

«Ich muss noch einige Formalitäten erledigen, aber eigentlich können Sie schon ab nächster Woche in Ihre neue Wohnung ziehen», fuhr Bänziger unbeirrt fort. «Keine Angst, die Wohnung ist möbliert. Wie mir der Oberarzt versichert hat, ist aus medizinischer Sicht kein längerer Spitalaufenthalt notwendig. Und das mit dem Arbeitseinsatz auf der Gemeinde sollte auch spätestens bis Ende Monat klappen. Sie haben wirklich Glück gehabt, Herr Bütikofer!»

Bänziger lehnte sich entspannt zurück, immer noch ein Lächeln im Gesicht, und sah Bütikofer erwartungsvoll an. Geradezu entrückt, wie es Bütikofer schien.

«Ein Hund, der fünf Sekunden auf den Vorderbeinen gestanden ist und nun auf seine Belohnung wartet», dachte er.

«Er hechelt mich an und will gekrault werden. Oder er will ein Hundebiskuit.»

Unvermittelt erschrak Bütikofer: «Ab nächster Woche in die Wohnung? Heute ist Donnerstag!» Ein Moment der Verzweiflung überfiel ihn. Konnte das wahr sein? Er, Bütikofer, in einer Sozialwohnung? Halluzinierte er wieder? Gaben sie ihm Medikamente, die Wahnvorstellungen erzeugten? «Ich muss mich kneifen», dachte Bütikofer, «wie sie es in schlechten Filmen tun, und dann erwache ich aus meinem Traum.» Und Bütikofer kniff sich in den Arm, dezent unter der Tischplatte, so dass es Bänziger nicht sehen konnte. Aber nichts geschah, ausser dass sich die Haut an der Stelle leicht rötete. Bütikofer begriff, dass er handeln musste. Aber er hatte keinen Plan. Keine Orientierung, keinen Kompass, keine Landkarte. Ein Wanderer, der vom Nebel überrascht worden ist und nicht mehr wusste, welchen Weg er einschlagen sollte.

«Was mache ich jetzt?» fragte sich Bütikofer. «Ich muss mich irgendwie sammeln.»

Das einzig Sichere, was wir über die Zukunft wissen, ist dass sie noch vor uns liegt.

Konnte diese chinesische Weisheit Bütikofer weiter helfen?

Bütikofer verbrachte eine lange Nacht, von seinen Gedanken umzingelt, wie ein Fuchs am Ende einer Treibjagd. Ein schlauer Fuchs, dem seine ganze Schlauheit nichts mehr nützte. In einem unachtsamen Moment hatte sie sich weggestohlen, auf der Suche nach einem neuen Herrn, der eine etwas glücklichere Hand hatte.

Verlassen hatte ihn seine Schlauheit, so wie alle ihn verlassen hatten. Seine Frau, seine Kinder, seine Geschäftspartner, seine Freunde, von denen er zumindest gedacht hatte, dass sie seine Freunde seien. Bütikofer erinnerte sich wieder. An sein Leben als Client Relationship Manager bei der Bank Zumthor, und dann als Ex-Client-Relationship Manager. An die sonnigen Tage in Zug und seine Ausflüge. An den Tag, an dem er beschlossen hatte, seine eigene Firma aufzubauen, Unternehmer zu sein. Er erinnerte sich an den phänomenalen Erfolg, den er mit seinen Vermögensanlagen gehabt hatte. An die Bewunderung und auch den Neid, den sein Erfolg mit sich brachte. Er erinnerte sich an seine Frau, wie sie sich an ihn anschmiegte und ihm versicherte, noch nie so glücklich gewesen zu sein. Und wo war sie jetzt? «Wo sind meine Kinder?», ging es Bütikofer durch den Kopf. «Hat mich jemand besucht, seit ich im Spital bin? Jemand, der dies nicht tut, weil er dafür angestellt ist? Hat sich jemand nach mir und meinem Zustand erkundigt, wenigstens telefonisch? Wozu habe ich mich all die Jahre abgerackert? Wo ist der Creative Writer Hodler? Wo sind meine Geschäftspartner?»

Bütikofers Welt bestand nur noch aus Fragen, auf die er keine Antwort hatte.

Nur Häberli war einmal kurz im Spital aufgetaucht, nervös um sein Bett getigert, und hatte einige halbfertige Sätze liegen lassen.

«Muss gleich wieder ...»

«Habe an diesem Abend wohl ein Glas zu viel getrunken.»

«Wird schon ...»

Wie wenn Bütikofer sich so selber etwas Sinnvolles zusammenstellen könnte; ein Scrabble mit Wörtern statt mit Buchstaben.

Bütikofer fand nach der Sitzung mit Sozialbegleiter Bänziger keinen Schlaf und watete durch den schweren Schlamm seiner schlechten Laune. Der Sturm in seinem Kopf hatte sich wieder gelegt, die See war jetzt spiegelglatt, die Sonne schien heiss, kein Wind weit und breit. Nirgends war ein Ziel zu erkennen, nichts bewegte sich mehr. Nur die Schiffsplanken knarrten träge.

Weitere Erinnerungen wurden angeschwemmt. Immobilienkrise, sinkende Börsenkurse, wirtschaftsfeindliche Medienberichte. Ein Zeitungsartikel mit Behauptungen, die Bütikofer jetzt noch wehtaten: Mangelnde Transparenz, unklare Investitionskriterien, Schneeballsystem. Die ruhige See schien sich urplötzlich wieder in einen Sturm zu verwandeln. Der Himmel verdunkelte sich. Blitze krachten. Bütikofer erinnerte sich an das Telefongespräch mit seinem Kunden Tobler, der einfach nicht mehr zu ihm halten wollte, ihm das hart erarbeitete Vertrauen entzog. Er erinnerte sich an ein Gespräch mit seiner Frau, bei dem er ihr von seiner Idee erzählt hatte, den

Firmensitz nach Dominica zu verlegen. Er erinnerte sich an Rechtsanwalt Dr. Ernst A. Balsiger, mit einer Zigarre in der rechten Hand, der ihm diesen Tipp gegeben hatte. Er erinnerte sich, wie seine Firma und deren ganzes Vermögen auf einen Schlag verschwunden waren, wie von Geisterhand. Und dann hatte Bütikofer nur noch das Gefühl, in die Leere zu fallen, keinen Halt mehr zu kriegen. Er sah Kunden wegtreiben und mit ihnen seine Frau und seine Kinder, sein Ansehen, sein Vertrauen in das Gute – und natürlich vor allem: sein Geld. Die aufkommende Ohnmacht machte Bütikofer aggressiv. Er ärgerte sich über alle Personen, die ihm in den Sinn kamen, über den Oberarzt, der bei ihm einfach kein Schleudertrauma erkennen wollte, über den Chefarzt, der sich nicht einmal mit ihm abgab, über den Sozialbegleiter, den er persönlich dafür verantwortlich machte, in eine anderthalb-Zimmer Wohnung ziehen zu müssen wie ein lästiger Flüchtling. Er ärgerte sich über seine Situation und darüber, dass er sie nicht beeinflussen konnte. Er ärgerte sich darüber, dass ihm, Bütikofer, dem Gestalter, dem Unternehmer, dem Mann der Tat, die Hände gebunden waren. Er ärgerte sich über diesen Spitalbetrieb, in dem man nach acht Stunden Arbeit wieder ausstempeln konnte. Er ärgerte sich darüber, dass er keinen Fernseher in seinem Zimmer hatte. Dass er nicht dann essen konnte, wenn es ihm passte. Dass er gezwungen war, mit fremden Personen im gleichen Zimmer zu schlafen. Er ärgerte sich, dass es Personen gab, die im Schlaf schnarchten, dass es am Spitalkiosk keine Management-Zeitschriften gab, dass der Kaffee viel zu schwach war. Den Gedanken an einen Cappuccino hatte er schon lange aufgegeben. Er ärgerte sich, dass der Weg zum WC zu lange war, die Farbe in der Toilette zu beige, dass es diese Dosierspender mit dem langen Hebel gab, wie wenn er in einem Altersheim leben würde, dass die Lifte aussahen wie in einem Fabrikationsbetrieb. Er ärgerte sich, dass sich die Dame am Empfang hinter einer Glasscheibe versteckte und diese jedes Mal mit einer Wichtigkeit zur Seite schob, wie wenn sie die Königin von England höchstpersönlich wäre. Er ärgerte sich, dass sie immer eine halbe Minute wartete, bevor sie dies tat, damit man die eigene Bedeutungslosigkeit endlich begreifen möge. Er ärgerte sich, dass man in der Cafeteria nicht rauchen durfte. Er ärgerte sich, dass man neben dem Eingang rauchen durfte. Er ärgerte sich, dass man Nachtruhe verordnet bekam wie kleine Kinder. Er ärgerte sich, dass andere Personen sich nicht an diese Nachtruhe halten konnten.

Der Ärger von Bütikofer nahm kein Ende, nährte sich aus sich selbst, sprang von einer Person zur anderen, von einem Ort zum nächsten, von falsch zu schlecht, von ungenau zu lieblos, von billig zu überteuert, von geschmacklos zu übertrieben, vom Oberarzt zum Sozialbegleiter und wieder zurück.

So jammerte Bütikofer eine halbe Nacht lang über seine Lage, bis der Ärger endlich all seine Kräfte verbraucht hatte, sich hinsetzte und den Schweiss von der Stirne rieb, erschöpft.

Die eingetretene Ruhe gab Platz für einen Schimmer der Hoffnung.

Bütikofer konnte im trüben Nebel seiner Gedanken wieder die schemenhaften Umrisse seiner Stärken sehen. Seine Fähigkeit, in neuen Bahnen zu denken, hob plötzlich die Hand, wie ein Erstklässler, der im Unterricht begierig sein Wissen demonstrieren will. Sein Mut, Dinge zu versuchen, feuerte ihn an, wie ein Trainer, der seine Spieler in die zweite Spielhälfte schickt. 0:1 in Rücklage, aber mit dem Glauben an den Sieg. Es schien Bütikofer, als klatschte jemand im Hintergrund, zaghaft, aber es wurden immer mehr und die

Aufmunterung wuchs mit Schreien und Pfiffen zu einem tosenden Applaus an. Und Bütikofer sah das Bild vor sich, von dem er beschloss, dass es ihn nun in seinem Leben begleiten sollte: Bütikofer kehrt nach langer Verletzungspause wieder zurück auf das Feld, erholt, voll im Saft, bereit, wieder der Leader des Teams zu sein, das ihn so lange vermisst hatte.

«Das ist, was einen Unternehmer ausmacht», erkannte Bütikofer, «sich auch in aussichtslosen Situationen nicht entmutigen zu lassen.»

Bist du wirklich entschlossen, so hast du die Sache schon halb getan, so sagten schon die alten Chinesen. Offen war nur noch, welches die Sache von Bütikofer war.

Frau Müller, dreiundvierzig Jahre alt, Mutter eines fünfjährigen Kindes, aber aktuell ohne festen Partner, geduscht, die Haare frisch frisiert, stieg beschwingt die Stufen in den zweiten Stock der Gemeindeverwaltung Erlenbach hoch. In Bluse und Jeans, nichts Aufdringliches, aber doch so, dass sie eine gute Figur machte. Fehlte nur, dass sie eine Melodie vor sich hin pfiff.

Frau Müller freute sich auf ihren neuen Mitarbeiter, Herrn Bütikofer.

Nicht dass sie ihn schon persönlich kannte – es ging nicht um die Person, sondern um die Sache. Es ging darum, dass man jemandem helfen konnte, mit dem es das Leben nicht so gut gemeint hatte. Dass man etwas Gutes tat. Diese Vorstellung war es, die Frau Müller heute so strahlen liess, obwohl auch in ihrem eigenen Leben nicht alles leicht war.

Es war einfach schwierig, Mutter und Fachfrau zu sein, auch heute noch. «Einfach schwierig, wieso sagt man das? Kann etwas auch schwirig schwierig sein?», dachte sie überrascht. Die Emanzipation war zweifellos nicht dort, wo sie sein sollte. Immer wieder die organisatorischen Probleme mit der Kinderbetreuung. Einfach nicht ausgerichtet auf Frauen, die mehr wollten, als nur zu Hause am Herd zu stehen. Bis endlich dieser Krippenplatz zur Verfügung stand, wie lange musste sie warten und drängeln. «Wenn ich nicht immer drängele und dranbleibe!», dachte sie. Und dann stand der Platz nur zwei Tage in der Woche zur Verfügung. Kam dazu, dass sie dafür bezahlen musste – eine Ungerechtigkeit mehr. Der Staat musste dafür sorgen, dass eine Frau die gleichen Chancen auf ein erfolgreiches Berufsleben hatte wie ein Mann, war ihre Meinung.

Dass ihr ehemaliger Lebenspartner während seiner kreativen Pause nicht die ganze Zeit auf ihren Sohn aufpassen konnte, zumal es nicht ihr gemeinsamer war, dafür hatte sie Verständnis. Auch er brauchte seine Ruhezeiten. Nur dass ihre eigene Mutter keine Lust mehr hatte, ihr einziges Enkelkind zu hüten, konnte sie nicht verstehen. Wenigstens einmal in ihrem Leben hätte ihre Mutter etwas zu ihrer Unterstützung machen können, so dachte Frau Müller. War das denn zu viel verlangt, ein bisschen mit dem Enkel zu spielen? Ihm zwischendurch einen halben Apfel zu geben? Ein herziges Gesicht in eine Gurkenscheibe zu schnitzen? Ihn ins Bett zu legen, wenn er müde war? Aber nein, ausgerechnet ihre Mutter wollte auf das Alter hin auch einmal das Leben geniessen, sich eine kleine Scheibe vom Glück abschneiden, wie sie sich ausgedrückt hatte.

«Am Telefon, natürlich nur am Telefon – mir so etwas direkt ins Gesicht zu sagen, hätte sie sich nicht getraut!», schnaubte Frau Müller, und fast hätte sich ihre gute Laune zwischen vier Treppenstufen verflüchtigt.

«Ihr habt ja heutzutage alle Möglichkeiten selbst in der Hand, nicht so wie wir früher», hatte ihre Mutter einmal zu ihr gesagt, «also macht etwas draus.» Frau Müller fand, ihre Mutter habe sich zu schnell aus ihrer Verantwortung gestohlen. Wenn es nur so einfach wäre, etwas daraus zu machen!

Mittlerweile hatte Frau Müller den zweiten Stock erreicht. Etwas ausser Atem gekommen, musste sie kurz eine Pause einlegen, die Hand auf das Treppengeländer gelegt. Die Freude hatte wieder Oberhand gewonnen. Gleich konnte sie ihren neuen Mitarbeiter einführen. Wobei Mitarbeiter nicht der passende Begriff war bei diesem Einsatzplatz für Arbeitslose. Zur Reintegration in den Arbeitsmarkt. Nicht wirklich eine Hilfe für ihre Arbeit – im Gegenteil, wenn sie es so betrachtete, eine Zusatzbelastung. Aber wie gesagt, sie tat dies gerne. Man musste solchen Menschen helfen, das war ihr wichtig. Dafür war sie auch bereit, mehr zu tun, als sie musste. Das motivierte sie: anderen Menschen zu helfen. Sie zu begleiten und unterstützen, ihre Talente zu entdecken. Das war das Schöne daran, Personalverantwortliche zu sein. Es war wie mit den Pflanzen: Jede hatte ihre eigene Schönheit, bei den einen war sie offensichtlich, bei den anderen musste sie sich zuerst entfalten. Die einen brauchten mehr Wärme, für die anderen durfte es nicht zu warm sein. Die einen brauchten viel Wasser, die anderen bloss nicht zu viel. Geduldig musste man sein, den Boden von Unkraut befreien, Schädlinge fern halten (natürlich gewaltlos, jedes Wesen hatte seinen Platz in dieser Welt). Bis die Pflanze sich aus ihrem Samen entwickeln konnte, wie sie schon lange gedacht war. Frau Müller konnte bei diesem Bild immer wieder erschauern: ein angenehmes Frösteln schlich dann über ihren Rücken und sie fühlte sich eins mit sich und der Welt.

«Also komm jetzt, Barbara», sagte Frau Müller zu sich selbst, «schauen wir mal, was für eine Sorte Pflanze dieser Bütikofer ist. Ob er eher wenig oder viel Wärme braucht.»

Bütikofer sass in seiner kleinen Wohnung auf dem Sofa – ein Bier vor sich auf dem Tisch. Das war sein erster Gedanke, als er das Verwaltungsgebäude verlassen hatte und auf dem Heimweg war: «Ich brauche ein Bier! Oder zwei!» Er wollte diesen Tag, seine kleine muffige Wohnung, sein ganzes Leben mit einem kräftigen Schluck herunter spülen, die Kehle runter, in den Magen, durch Windungen und Röhren und dann wieder raus bis in die Abwasserreinigungsanlage, wo alles neu aufbereitet werden konnte.

Bütikofer nahm einen weiteren grossen Schluck aus der Flasche – ein Goldküstenbräu, das musste schon sein – und liess seinen ersten Arbeitstag nochmals vorbei ziehen. Begonnen hatte es eigentlich ganz gut, das konnte er nicht leugnen. Frau Müller, die ihn als erste begrüsste, war nicht eine Schönheit im klassischen Sinne, aber sie hatte attraktive Proportionen, das war Bütikofer gleich aufgefallen. Und sie war sich dessen bewusst, so was spürte er. Man gab sich die Hand, noch etwas zurückhaltend, zwei Menschen, die sich abtasteten. Nach einigen Floskeln – solche Gespräche mussten sich entwickeln, hatten einen versteckten Plan, wie sie ablaufen sollten, und Bütikofer hielt das Skript dazu in den Händen – begab man sich ins Sitzungszimmer zur ersten Einführung. Diese war absolut noch in Ordnung, obwohl oder vielleicht gerade weil Bütikofer primär auf die Rundungen von Frau Müller fokussiert war und sich das Seine dazu dachte.

Sein Skript sah durchaus Platz für solche Nonchalance vor. Auch die Vorstellungsrunde war noch ok, das kannte er und darauf war er vorbereitet. Wie viele solcher Runden hatte er nicht schon selbst erlebt? Alle seine Stärken kamen hier zum Zug: seine natürliche Autorität, sein charmantes Lächeln, seine netten Worte ohne grosse Bedeutung.

Selbstverständlich hatte er sich ordentlich gekleidet. Wie es sich gehört, wenn man zur Arbeit ging, obwohl er sich am Morgen noch gegen diese Vorstellung sträubte: zur Arbeit zu gehen. Zu gehen müssen. Früher arbeitete Bütikofer nicht, früher ging er seiner Leidenschaft nach, seinem Instinkt, seiner Intuition, seiner wahren Berufung. Fragt ein Tiger, ob er jagen muss? Er tut es einfach.

Bütikofer konnte sich immer noch nicht erklären, wie er in die Lage geraten war, in der er sich im Moment befand. Er, Bütikofer, Unternehmer mit jeder Faser seines Körpers. Getäuscht und verlassen von seinem engsten Umfeld. Um seine Firma betrogen. Um sein Vermögen gebracht. Eiskalt. Skrupellos. Wenn er mittlerweile eine Lehre aus dem Geschehen ziehen konnte, dann die: dass er in Zukunft weniger vertrauensselig sein sollte, auch gegenüber Familie und Freunden. So sah es Bütikofer jetzt. Vertrauen ist gut, Kontrolle ist besser. Es hatte eben doch etwas Wahres.

Aber Bütikofer hatte beschlossen, nicht zu hadern. Und er rief wieder das Bild ab, dass er sich im Spital zu eigen gemacht hatte: Bütikofer, Nummer 10, sehnlichst zurück erwarteter Teamleader, der nun seine Mannschaft zu neuen Höhen antreibt.

Bütikofer war also in einem fein geschnittenen Brioni-Anzug zur Arbeit angetreten – Sozialbegleiter Bänziger hatte es sogar fertig gebracht, dass ein Teil seiner Anzug-Sammlung nun in seiner kleinen Behelfs-Wohnung lagerte. So musste geschehen, was Bütikofer bei der Vorstellungsrunde als Erstes ins Auge sprang: Er war eindeutig overdressed. Er hätte es nicht für möglich gehalten. Blue Jeans waren auf einer Gemeindeverwaltung offensichtlich üblich, nicht nur am Freitag. Erwachsene Männer liefen mit bedruckten T-Shirts umher, einige davon ausgewaschen, also nicht nur unpassend, sondern auch noch verbraucht. Turnschuhe schienen normal zu sein, einer hatte sogar Adiletten an. Als Bütikofer das sah, musste er einen Moment nach Luft ringen. «Sind wir hier im Sportclub oder was?», hatte er sein Gegenüber in Gedanken angefahren, aber zur Sicherheit hielt er an seinem charmantesten Lächeln fest. Nur die Hand drückte er kräftiger als üblich. Hier musste man mehr Autorität demonstrieren, das war ihm sofort klar. Einzig der Gemeindeschreiber war mit Anzug, Hemd und Krawatte passend gekleidet, und wenn die zu breite Krawatte nicht ein Symbol für Gestrigkeit gewesen wäre, hätte ihn Bütikofer fast als seinesgleichen angesehen.

«Höchste Zeit, diesen Laden auf Vordermann zu bringen», nahm er sich vor. Aber im Stillen nur, genauso, wie er sich vornahm, sich seinem neuen Umfeld anzupassen.

Man sollte seinen Feind zuerst studieren, bevor man ihn angriff. Hinter dem Lächeln den Dolch verbergen, Stratagem Nummer 10.

Nach der Vorstellungsrunde wurde Bütikofer in seine neue Arbeit eingeführt, und da begann er das erste Mal, unruhig zu werden. Schon das gemächliche Tempo, in dem ihm Frau Müller die Arbeit erklärte. «Geht das nicht auch etwas schneller, ich bin doch nicht blöd», hatte Bütikofer gedacht. Und zudem: Er, Bütikofer, liess sich von einer Sekretärin, denn was konnte eine berufstätige Frau anderes sein als eine

Sekretärin, die Arbeit erklären? «Kann man überhaupt Arbeit dazu sagen? Das hätte mein Sohn ja mit vier gekonnt!», ging es Bütikofer noch durch den Kopf. Zuerst dachte er, Opfer einer Fernsehshow geworden zu sein, irgendein neues Format von «Versteckte Kamera», er hatte erst kürzlich eine solche Sendung gesehen. Das konnte doch nicht das reale Leben sein.

Bütikofer versuchte, gute Miene zum bösen Spiel zu machen, er wollte ja kein Spielverderber sein. Aber als ihn Frau Müller dann allein liess, mit der Aufforderung, die Post zu sortieren, war er sich plötzlich nicht mehr sicher. Bütikofer stand im Raum und die Aufforderung hallte noch in seinem Kopf nach wie ein schlecht aufgenommenes Geräusch in einem schlechten Film. Bütikofer versuchte, sich nicht allzu auffällig umzuschauen, man konnte ja nie wissen, wo diese Kamera versteckt war, und wartete auf irgendeinen Halbprominenten, der ihn bald aus dieser unpassenden Situation befreien würde, er könnte dann lachen und sagen, dass er von Anfang an gewusst habe, dass dies nur sei, um ihn zu testen. Vielleicht käme ja auch eine adrette Assistentin, die ihn in den Moderationsraum führen und ihm einen Drink servieren würde. Oder dann tönte wenigstens eine Stimme aus dem Off, die sagen würde: «Ok – gut gemacht, Sequenz beendet.» Einfach noch etwas halbwegs Würdevolles, so dass es auch zu seinem Brioni-Anzug passte. Aber da auch nach 15 Minuten nichts dergleichen passierte, begann Bütikofer sich zu fragen, ob er tagträume oder ob sein Unfall doch Folgen hatte, obwohl alle das Gegenteil behaupteten. Das alles konnte doch nicht wirklich sein.

Und so war Bütikofer eine geschlagene halbe Stunde starr vor den Postfächern gestanden, bis Frau Müller die Tür öffnete, den Kopf rein streckte und fragte, ob alles gut gehe und er auch in die Pause komme.

Die Pause, die zweite Erfahrung, die an Bütikofer haften blieb wie ein verbrauchter Kaugummi auf seinem teuren Anzug. Artig war er Frau Müller gefolgt, froh, aus dieser Situation erlöst worden zu sein, zuerst drei Stockwerke tiefer bis in das Untergeschoss, wo Frau Müller eine weitere Tür öffnete und sie in einen Raum traten, der aussah wie die Küche seiner Grossmutter selig. Natürlich etwas moderner, aber doch mit Holztisch, Eckbank, Kissen mit gehäkeltem Überzug, Herd, Einbauschränken, Landschaftsbildern und einer Blumenvase, genau in der gleichen Form wie die Vase, die bei seiner Grossmutter auf dem Küchentisch gestanden hatte, wenn er dienstags über Mittag als Schüler zum Essen eingeladen war.

Bütikofer meinte, das Essen zu riechen, das er so gemocht hatte, Fleischvogel oder Hackbraten mit Gemüse und Spiralnudeln. Er sah die weisse Tischdecke und die weisse Stoffserviette vor sich, eingerollt in einen silbrigen, gravierten Serviettenhalter, das Geschirr mit den blauen Verzierungen. Bütikofer konnte die Sitzbank mit dem Polsterkissen fühlen, auf der er jeweils gesessen hatte, und er spürte diese sorgenfreie Wohligkeit, die für nichts anderes mehr Raum liess, und die er schon lange nicht mehr erlebt hatte.

Einen kurzen Moment fragte sich Bütikofer, ob er nicht doch in ein Filmstudio geraten war und gerade das Aufnahmestudio eines Heimatfilms betreten hatte. Oder gar die Verfilmung seines eigenen Lebens.

Bütikofer wurde jedoch freundlich auf die lange Eckbank geladen, und eingezwängt zwischen zwei Personen bekam er ein Gipfeli angeboten. Sprachlos, halb fasziniert, halb entgeistert sah er zu, wie verschiedene Menschen, einer nach dem anderen, Butter, Konfitüre, Orangensaft, Schokoladenpulver, Bananen, Weichkäsli und was auch immer aus diesem grossen Kühlschrank holten, der pausenlos auf und zu ging und offensichtlich unerschöpflich war. Und jetzt sassen alle am Frühstückstisch wie die Kinder in *Eine schrecklich nette Familie*.

Bütikofer kam sich vor wie an einem Sonntagsmorgen-Brunch in einer Alphütte, so stellte er sich einen solchen jedenfalls vor. Man war ausgeschlafen, hatte Zeit, war bereit für gute Laune und stärkte sich für den Abstieg, in der Gewissheit, dass der schwierige Teil der Reise schon hinter einem lag. Noch ein letztes Mal an diesem Tag hatte Bütikofer das Gefühl, in einer Fernsehanstalt gelandet zu sein, vielleicht in einem Rosamunde Pilcher-Film. Filme, die seine Frau immer geschaut hatte: schön gekleidete Menschen, grüne Wiesen, Pferde, viele Emotionen, am Ende war alles gut.

Aber als er dann nach einer weiteren halben Stunde wieder vor seinen immer noch leeren Postfächern stand, entschied er sich, dass dies die Realität sein müsse.

Bütikofer nahm erneut einen Schluck Bier und schüttelte den Kopf, wie wenn er so die Erinnerungen an seinen ersten Arbeitstag loswerden könnte, ein Hund, der aus dem Wasser steigt, und sich das Wasser aus dem Fell schüttelt. Er schaute sich in seiner Wohnung um, die ja tatsächlich überschaubar war, betrachtete den kleinen Beistelltisch in hellem Furnierholz und das abgesessene Sofa. Bütikofer nahm nochmals einen Schluck Bier. Es schien nichts zu nützen, eine weitere Flasche musste her. Klare Gedanken waren jetzt gefragt.

«Was geschieht mit mir?», grübelte Bütikofer.

«Was für eine Prüfung habe ich hier zu bestehen?»

«Warum ich?»

Wer unterwegs stets nach der Länge des Weges fragt, der hat wirklich lange zu gehen. Eigentlich hätte Bütikofer das wissen müssen.

Frau Müller sass in ihrem Büro, die Tür geschlossen. Sie war schlechter Laune, und diese hatte viele Väter. Zum einen hatte sie wenig geschlafen, der Sohn machte gerade wieder eine schwierige Phase durch und brauchte die Nähe seiner Mutter. Offensichtlich schienen sie sich in der Kinderkrippe nicht so recht mit der Zartfühligkeit ihres Sohnes Jonathan auseinanderzusetzen. In diesem Punkt erwartete sie mehr Professionalität, und sie hatte sich vorgenommen, dies beim nächsten Mal, wenn sie den Joni von der Krippe abholen würde, zu thematisieren. Man durfte wohl erwarten, dass die Kinder in der Krippe gefördert werden. Erst recht wenn man dafür zahlen musste.

«Dauernd muss man seine Rechte einfordern», dachte Frau Müller. Einmal mehr.

Sie hatte bei der Gruppenleiterin schon bemängelt, dass keine vegetarische Mittagsverpflegung angeboten wird. Zudem war sie der Meinung, dass es in der Krippe mehr Holzspielwaren geben müsste, nicht nur dieses Plastikzeugs. Und übrigens solle man doch bitte darauf achten, dass sich die Kinder nicht nur mit geschlechterrollen-geprägten Spielzeugen beschäftigen. «Auch auf diese Anregung habe ich noch keine Rückmeldung erhalten», dachte sie.

Ihr Jonathan brauchte also mangels professioneller Betreuung in der Krippe ihre Nähe, und selbstverständlich gewährte sie ihm diese, und er durfte zu ihr ins Bett schlüpfen, da er in seinem eigenen keinen Schlaf fand. Frau Müller tat dies gerne, sie genoss es sogar, ihrem Kind diesen bedingungslosen Schutz mütterlicher Liebe und Wärme zu geben. Aber es hatte den Nebeneffekt, dass sie schlecht schlafen konnte und sich schon beim Aufstehen bereits wieder müde fühlte.

Frau Müller seufzte.

Ein weiterer Grund ihrer schlechten Laune war, dass man ihren Vorschlag abgelehnt hatte, den diesjährigen Betriebsausflug mit vier Tagen in Moskau etwas grosszügiger zu gestalten. Sie fand das einfach nicht in Ordnung. Was verdiente man schon auf einer Gemeindeverwaltung, wenn man es mit den Banken verglich? Wie uninspirierend sahen ihre Büroräumlichkeiten aus, verglichen mit denen von Google Schweiz? Was war denn ihr kleiner Pausenraum, verglichen mit der Kantine der Swiss Re? Die Liste war endlos. Je länger sie darüber nachdachte, desto weniger konnte sie verstehen, warum man auf einer Gemeindeverwaltung arbeiten sollte. Auch nicht als Personalverantwortliche. Zweiundvierzig Stunden pro Woche. Anspruchsvolle Klienten, die nicht verstanden, dass die Verwaltung dem Allgemeinwohl dienen musste und nicht jedermanns persönlichen Interessen. Gemeinderäte, die keine Zeit, oder noch schlimmer, Zeit, aber keinen Sachverstand hatten. Da war es doch nicht zu viel verlangt, wenigstens beim Betriebsausflug etwas grosszügiger zu sein. Wertschätzung zu zeigen. Allmählich gingen ihr die Ideen aus, wie ihr Personal zu motivieren war. Ihr Personal, so sah sie es. Anvertraut, wie Kinder ihrer Mutter.

Auch die ersten Eindrücke von Bütikofer, nach einer Arbeitswoche, waren ein Grund ihrer schlechten Laune. Oder in diesem Fall wohl präziser, ihrer Unsicherheit. War er wirklich so begriffsstutzig, wie er schien? Das Sortieren der Post war jetzt wahrlich nicht allzu schwierig und sie hatte es ihm genau erklärt. Hatte sich extra Mühe gegeben, dies nicht zu schnell zu tun. «Das müsste doch auch ein ehemaliger Bankangestellter können», dachte sie, ansonsten hielt sie nämlich, ganz allgemein, nicht sehr viel von dieser Branche. Einen Moment lang fragte sie sich, ob er sich absichtlich so verhalten würde. Vielleicht weil sie eine Frau war? Da hatte sie schon einiges erlebt. Aber eigentlich konnte sie sich das nicht vorstellen. Wenn sie ehrlich zu sich war, hatte er etwas, das ihr gefiel. Sie konnte nicht mal genau sagen, was. Strahlte er nicht etwas wie Verletzlichkeit aus? Wirkte er nicht eingeschüchtert, unter der Maske seines Charmes?

«Hat er etwas Traumatisches erlebt?», fragte sie sich, so genau kannte sie die Geschichte von Bütikofer noch nicht. «Hört sich schon irgendwie komisch an, was er da erlebt haben soll. Soll ich ihn darauf ansprechen?»

Vielleicht brauchte er mehr Betreuung von ihr? Dazu war sie doch da: die Leute zu fördern. Das Beste aus ihnen herauszuholen. Frau Müller war sich ihrer Verantwortung bewusst, auch wenn diese manchmal etwas schwer auf ihren Schultern lastete.

«Auch diese Pflanze sollte doch wachsen dürfen», dachte sie. «Vielleicht braucht sie einfach mehr Zeit.»

Bütikofer war wieder auf einem seiner Botengänge. Einige dringende Unterlagen, die den Gemeinderäten rechtzeitig zu Hause vorbei gebracht werden mussten. Post sortieren, Kopieraufträge erledigen, Unterlagen an Gemeinderäte verteilen. Der Aufgabenkatalog von Bütikofer war schnell umschrieben. Wie sollte man sagen? Routine? Langeweile? Monotonie?

Bütikofer hatte bildhaftere Assoziationen zu seiner Arbeit: Ein Tiger, der Mäuse fangen muss. Eine Flasche Margaux, die zu einem grünen Salat getrunken wird. Lionel Messi, der für den FC Wettingen spielt. Kurz: In den Augen von Bütikofer war sein Einsatz eine Verschwendung. Eine Verschwendung von Talent! Die Botengänge waren der einzige Lichtblick in seinem neuen Berufsleben – so weit war er schon gekommen!

Bütikofer hatte entschieden, zu Fuss unterwegs zu sein, wenn das Wetter es zuliess. So blieb er wenigstens in Bewegung. Sein Programm zur körperlichen Ertüchtigung. Der Teil eines langen Plans. Die Vorbereitung auf seine neue berufliche Laufbahn. Nur wer körperlich fit ist, ist in der Lage, berufliche Hürden zu meistern. Davon war Bütikofer immer noch überzeugt.

Seine jetzige Arbeit lag eindeutig unter seinen Fähigkeiten, seinen Erwartungen, seinen Ansprüchen. Und unter seiner Würde. Aber Bütikofer wäre nicht Bütikofer gewesen, hätte er sich nicht auch in dieser Situation Mut gemacht. Er sah es als Anlauf zu einem besseren Leben. Bütikofer, der Schmetterling, der sich zuerst verpuppen musste, um zu seiner wahren Schönheit zu gelangen.

Ohne Absicht kam Bütikofer an diesem sonnigen und milden Junitag um 11.45 Uhr auf seinem Botengang am Restaurant ‹Zum Pflugstein› vorbei. Und fand, dass es an der Zeit sei, seinen Berufsauftrag etwas auszudehnen. Der Gedanke kam spontan, so wie es manchmal geschieht. Ein Schalter, kurz gekippt; ein Licht, das einmal flackert; urplötzlich eröffnen sich neue Horizonte.

Vielleicht war es die Fassade des frisch renovierten Hauses mit den rötlich-braunen Fenstereinfassungen, die ihn dazu angeregt hatte. Sie erinnerte ihn an ein Zunfthaus und war damit so etwas wie ein Zeichen aus alter Zeit. Kurzentschlossen betrat Bütikofer das Restaurant, unterstützt von einem knurrenden Magen, grüsste freundlich und bestimmt, und liess würdevoll seinen Blick durch den Raum gleiten. Das Restaurant war noch kaum besetzt. Weiss gedeckte Tische, die Stühle mit einer ebenfalls weissen Housse umhüllt, eine Holzdecke, Bilder an den Wänden. Die Einrichtung machte auf Bütikofer einen stimmigen Eindruck und als er das grosse Signet des Weingutes Château Pétrus entdeckte, war er sich sicher, richtig entschieden zu haben. Bütikofer nahm am Tisch gleich neben diesem Bild Platz. Es zog ihn förmlich an, er konnte gar nicht anders.

Bütikofer studierte gemächlich Speise- und Weinkarte, Zeit hatte er ja genug, und bestellte als erstes ein Glas Viognier du Pésquie. Die Beschreibung war zu verlockend: «in sehr begrenzten Mengen erhältlich, perfekte Bedingungen für seine Entfaltung, sehr gut zum Apéritif.» Dabei erwähnte Bütikofer gegenüber dem Wirt ganz nebenbei, dass er für das nächste Freiwilligen-Essen der Gemeinde eine passende

Lokalität suche. Eigentlich mehr, um höflich einige Worte zu wechseln. Er musste sich gar nicht rechtfertigen. Als er das Tintenfisch-Carpaccio mit rohem Fenchel-Orangensalat orderte, flocht Bütikofer noch ein, dass man für das Essen mit 150 bis 200 Teilnehmern rechne. Vor dem ersten Löffel der Erbsen-Kokosnuss-Suppe mit Wasabischaum und Thunfischwürfeln erwähnte er, dass man diesen Anlass neu jedes Jahr am gleichen Ort durchführen wolle. Das erleichtere die Administration und komme so auch den Steuerzahler günstiger. Eine Flasche Huno – Pago las Balancines schien Bütikofer beim Wechsel zum Hauptgang, das Duo vom Kalb mit Kartoffel-Tomaten-Espuma und braisiertem Endivien, passend. Genau wie der Hinweis, dass sich der Gemeinderat schon lange freue, wie sich das Restaurant seit der Renovation entwickle. Elegant setzte Bütikofer um, was er bereits in den ersten beiden Wochen auf der Gemeindeverwaltung gelernt hatte: Der Gemeinderat war im Dorf eine Autorität. Mehrere Gemeinderäte, die an der jährlichen Mitgliederversammlung des Dorfvereins teilnahmen: das machte Eindruck. Der Gemeindepräsident, der persönlich zum 80. Geburtstag gratuliert: eine der letzten Freuden in einem langen und hoffentlich gesunden Leben. Eine schriftliche Verdankung des Einsatzes für das diesjährige Sportcamp: fast noch besser als eine finanzielle Entschädigung.

Vor dem Dessert, Passionsfruchtmousse-Schnitte mit Erdbeersalat, erwähnte Bütikofer noch, dass an der kommenden Sitzung des Gemeinderates über den Anlass entschieden werde. Besser gesagt nicht über den Anlass selber, klar, dass der stattfinde, aber der Ort müsse noch festgelegt werden. Aber der Pflugstein scheine ihm passend.

Es leuchtete Bütikofer ein, dass er, genauer: die Gemeinde, als zukünftiger Kunde in einer solch bedeutenden Phase der

Entscheidungsfindung für das Essen nicht zu zahlen brauchte. Ein freundlicher Händedruck, ein Lächeln, ein Kompliment für das gelungene Essen, das musste genügen.

Als Bütikofer wieder vor dem Eingang zum Restaurant stand, gähnte er. Nach zwei Gläsern Weisswein und einem ganzen Spanier fühlte er sich etwas matt. Er schaute auf die Uhr: 14.35. Wie schnell die Zeit doch vergehen konnte. Bütikofer fand, dass es für heute gut sei. «Zeit für ein Mittagsschläfchen. Die Post kann bis morgen warten.»

Frau Müller schaute bereits zum dritten Mal auf die Uhr. Bütikofer war immer noch nicht zur Arbeit erschienen. Jedenfalls hatte sie ihn seit heute Morgen nicht mehr gesehen, auch nicht in der Kaffeepause. Sie war zwar in Eile, aber sie sorgte sich, wo Bütikofer sein könnte.

«Hat er einen Auftrag erhalten, von dem ich nichts weiss?», fragte sie sich, «vielleicht vom Gemeindepräsidenten?» Die Kopieraufträge hatte sie doch erst auf morgen geplant und die Materialbestellung auf den Freitag. Sie wusste das genau, das Arbeitsvolumen musste mit Sorgfalt auf eine Woche verteilt werden, um diese zu füllen. In seltenen Momenten fragte sich auch Frau Müller, wo der Nutzen dieses Einsatzplatzes war. Warum sie sich das überhaupt antat, sich so viel Mühe gab, die Wocheneinsätze so zu planen, dass es keine grossen Lücken gab. Damit das Gefühl entstand, gebraucht zu werden.

Genau, um das ging es ja! Frau Müller hatte den Faden wieder gefunden, den sie kurz verloren hatte: Boden unter den Füssen geben, das Vertrauen in die eigenen Fähigkeiten wieder wachsen lassen. Eine vorübergehende Stütze sein. Frau Müller wusste wieder, warum sie dies tat, und ein leichtes Lächeln erhellte ihr Gesicht. Das zufriedene Lächeln von Menschen, die sich sicher sind, das Richtige zu tun. Manchmal fragte sie sich, wie es Menschen geben konnte, denen dies nichts bedeutete. Für andere da zu sein, zu geben.

Unvermittelt erschrak Frau Müller und fragte sich, ob Bütikofer etwas zugestossen sein könnte. Um im nächsten Moment über sich selbst zu lachen: Das Schicksal von empathischen Menschen – sofort sehen sie Gefahren! Ein Autounfall? Eine heimtückische Schwelle, über die man stolpert? Ein Herzinfarkt? Was konnte es nicht alles sein.

«Barbara, Barbara», tadelte sich Frau Müller selber.

Sie hatte sich wieder entspannt und einmal mehr wurde ihr bewusst: Auch sie konnte sich nicht um alles kümmern. Auch sie hatte das Recht, einmal vorzeitig nach Hause zu gehen. Eine Stunde für sich, bevor sie Jonathan abholen musste. Ein Stückchen Ferien im Alltag. Sie durfte sich auch mal selber schützen, sie konnte das nicht immer nur für andere tun. Jeder Mensch brauchte seine Oase, an der er auftanken kann. In sich ruhen. Zu sich selber finden. Atmen. Einfach sein. Oooooom.

Bütikofer sass wieder alleine in seiner Wohnung, es war exakt 19.00 Uhr und der Fernseher lief, aber ohne dass er darauf achtete. Er war in Gedanken. Mittlerweile hatte er sich an seine Arbeit gewöhnt. Oder besser: er hatte sie akzeptiert, so wie ein Hund seine Leine akzeptieren muss. Die Arbeit war die reine Monotonie, nichts, das seinen Geist gefordert hätte, eine Kugel am Bein des Gefangenen.

Aber sein Restaurantbesuch vor vier Tagen hatte ihm wieder neues Leben eingehaucht. Abgesehen vom Kater am nächsten Morgen.

Bütikofer begann, die Vorteile seiner Arbeit zu sehen. Nicht nur deshalb war er heute guter Laune. Bütikofer hatte sich selbst eine Aufgabe gestellt. Die Monotonie des Arbeitsalltags musste ab und zu durchbrochen werden. Er hatte Frau Müller bereits darauf hingewiesen, dass Abwechslungen in der Arbeit wichtig sind – im Dienste der Arbeitseffizienz. Das sei wissenschaftlich belegt, und dabei zitierte er die allgemein bekannte Studie von Hentze, J. und Lindert, K. zu Motivations- und Anreizsystemen in Dienstleistungsunternehmen. Um was es dabei im Detail ging, konnte Bütikofer zwar nicht sagen, er war zu faul, um die 1062 Seiten des Buches zu lesen. Der Titel sagte doch schon alles. Aber Frau Müller zeigte sich beeindruckt. Mindestens hatte er dies so empfunden. Und er wusste ja, dass er Menschen gut einschätzen konnte.

Also hatte sich Bütikofer eine besonders komplexe Aufgabe gegeben. Die Sache war folgende: Der Kaffeekonsum der Gemeindeangestellten musste persönlich bezahlt werden. «Sorgfältiger Umgang mit Steuergeldern, wissen Sie», hatte der Gemeindeschreiber achselzuckend erklärt, «hier ist Zurückhaltung geboten. Sie können sich gar nicht vorstellen, wie schnell so etwas zum Politikum werden kann.» Dies störte Bütikofer nicht nur persönlich, sondern auch prinzipiell. In seiner Firma wäre so etwas undenkbar gewesen. Das Humankapital musste gepflegt werden, natürlich nicht zum Selbstzweck sondern im Dienste der Effizienz. Das war es, was Bütikofer umtrieb. Und so machte er sich daran, einen Nachmittag seiner Arbeitszeit zu investieren, um stringent zu belegen, dass der Kaffeekonsum durch den Arbeitgeber bezahlt werden musste. Nochmals: Nicht aus rechtlichen Gründen, auch nicht, um Gutes zu tun, sondern der Effizienz zuliebe. Bütikofer war einhundert Prozent sicher, dass sich der Gemeinderat fragen würde, wieso er nicht selber auf diese Idee gekommen sei.

Er berechnete also zuerst die Kostenseite und startete mit dem durchschnittlichen Kaffeekonsum pro Mitarbeiter. Er nahm sich als Referenz, ohne damit sagen zu wollen, dass er statistisches Mittelmass sei, und rechnete mit sechs Tassen Kaffee pro Tag. Diese Zahl multiplizierte er mit den Durchschnittskosten einer Kaffeekapsel, wobei er die Sorten *Ristretto*, *Volluto*, *Rosabaya de Colombia* und *Vivalto Lungo*, alles Grands Crus, je mit einem Viertel gewichtete. Etwas länger blieb er an der Frage hängen, ob er auch noch eine aromatisierte Variante mit berücksichtigen sollte. Nach reiflicher Überlegung kam er zum Schluss, dass sich dies nicht relevant auf die Gesamtkosten auswirken würde. Man durfte sich eben nicht in Details verlieren. Kurz überlegte er noch, ob der Teekonsum mit in die Betrachtung einbezogen werden sollte, entschied aber, dass Menschen, die Tee trinken, dadurch auch nicht produktiver werden. Dafür berücksichtigte Bütikofer einen Zuschlag für Wartung und Reinigung der Kaffeemaschine sowie einen weiteren für die Amortisation. Hier hatte er eine klare Vorstellung. Wenn schon, dann sollte es eine Vollkostenrechnung sein.

Die Kosten stellte Bütikofer dem zu erwartenden Produktivitätsgewinn gegenüber, das zwingende Resultat der Wertschätzung, welche die Mitarbeitenden durch die Übernahme der Kosten erfahren sollten. Hier verwies Bütikofer in einer Fussnote noch auf diverse Untersuchungen, die zu lesen ihm ebenfalls die Zeit fehlte. Grob über den Daumen schätzte er, dass die Arbeitsleistung so um zehn Prozent steigen musste. Multiplizierte man dies mit den durchschnittlichen Lohnkosten (AHV, IV, ALS, Pensionskassenbeiträge und Pensionskassensanierungsbeiträge des Arbeitgebers inklusive), war man eigentlich sofort in der Gewinnzone.

«Wenn man nun noch berücksichtigt, dass der bisherige Kontrollaufwand für die Abrechnung der Kaffeekapseln entfällt ...» Bütikofer seufzte zufrieden: Seit längerem hatte er sich nicht mehr so gut gefühlt.

Ebenfalls zu seiner guten Laune hatte beigetragen, dass in der Gemeindeverwaltung eine offene Stelle nochmals neu ausgeschrieben wurde. Bereits zum zweiten Mal innerhalb von drei Monaten, wie er vernommen hatte; gut, dass er endlich ins Spiel kam. Bütikofer hatte in der Kaffeepause ein Gespräch zwischen Abteilungsleiter Bürki und Frau Müller aufgeschnappt. Der Abteilungsleiter, noch mit einem Bissen Vollkorngipfel im Mund, sagte, wie froh er sei, dass die Stelle nochmals ausgeschrieben werde. Er hoffe wirklich, dass sich dieses Mal taugliche Kandidaten melden würden. Er wisse nämlich nicht mehr, wohin mit seiner Arbeit, und der Ressortvorsteher mache auch schon seit längerem Druck. Aber er tue sein Bestes und es sei ja bekannt, dass sie lohnmässig in diesem Bereich einfach nicht mit der Privatwirtschaft mithalten könnten. Da sei man auf Leute angewiesen, die einen Sinn in ihrer Arbeit suchen. Frau Müller nickte bei diesen Ausführungen, insbesondere beim Schluss, energisch mit dem Kopf. Zuerst dachte Bütikofer, dass die Stelle in diesem Fall doch nichts für ihn war. Arbeit hatte er ja schon, was er brauchte, war ein standesgemässes Einkommen. Der Abteilungsleiter und Frau Müller hatten sich auch noch über den Stelleninhalt unterhalten und Bütikofer kriegte noch mit, dass es um die Koordination von Submissionen ging. Submissionen? Bütikofer dachte dabei im ersten Moment an die Platzierung von neuen Wertpapieren.

Ebenfalls mitbekommen hatte er, dass man bei dieser Aufgabe sehr sorgfältig arbeiten und Abläufe und Termine korrekt einhalten müsse. Auch bei diesen Stichworten fing Bütikofer nicht spontan Feuer. Er sah seine Stärken in anderen Bereichen. Eher so im Visionären.

Aber da Bütikofer Zeit hatte, verbrachte er den Rest des Arbeitstages mit Google, um ausgiebiger zu recherchieren. Nach der ersten Stunde war er noch ernüchtert. Offenes Verfahren, selektives Verfahren, Einladungsverfahren, freihändige Vergabe? Staatsvertragsbereich oder Nicht-Staatsvertragsbereich? Lieferungen, Dienstleistungen oder Bauarbeiten? Bau-Hauptgewerbe oder Bau-Nebengewerbe? Vergabevolumen inklusive oder exklusive Mehrwertsteuer? Daueraufträge mit unbestimmter Laufzeit? Die Arbeit auf einer Verwaltung schien doch nicht so einfach zu sein, wie er bisher gedacht hatte.

Schalter öffnen, etwas in ein Formular eintragen, Schalter wieder schliessen – so sah sein Bild von der Verwaltungsarbeit in groben Zügen aus.

Nach einem Kaffee, man musste die guten Seiten des Verwaltungslebens übernehmen, vertiefte sich Bütikofer wieder in seine Recherche. «Ohne Fleiss kein Preis», sagte Bütikofer zu sich selbst. Aber nur in Gedanken. Das war so selbstverständlich, dass es nicht laut ausgesprochen werden musste.

Zulassungskriterien, Eignungskriterien, Fristen? Offertöffnungsprotokolle? Zusammenfassung auf Französisch? Nicht-Diskriminierung? Ausnahmetatbestände? Vorbefassung von Anbietenden? Die Welt drehte sich einen kurzen Moment vor Bütikofers Augen. Alles erschien ihm plötzlich schwammig. Er brauchte einen Moment der Ruhe, atmete langsam und hörbar aus und holte tief Luft, um sich zu lockern. Einmal, zweimal, dreimal. Und plötzlich spürte Bütikofer, dass er wieder ein Ziel hatte. Es war, wie wenn er auf einen alten Freund traf, den er verloren glaubte, und der nun vor ihm stand und ihn umarmte, wie wenn nichts gewesen wäre.

«Hier gibt es etwas, das sich lohnt», ahnte Bütikofer, ohne bereits sagen zu können, mit was er sich da Mut machte. So war es eben mit positiven Menschen: Man sah die Dinge positiv, ohne schon alles schwarz auf weiss belegt zu haben.

Bütikofer hatte beschlossen, seine Gedanken sich noch etwas entwickeln zu lassen. Manchmal musste man einfach warten, und dann fielen einem die Ideen zu wie reife Früchte von den Bäumen.

Am Abend, in seiner kleinen Wohnung, konzentrierte sich Bütikofer wieder auf das Thema, das ihn schon den halben Tag beschäftigt hatte. Seine Gedanken hatten mittlerweile genug Zeit gehabt, sich mal ungestört zu sammeln.

Der Zufall hatte es gewollt, dass in der Zeitung vom gleichen Tag ein Artikel über einen Verwaltungsangestellten stand, der zu 30 Monaten Gefängnis verurteilt worden war. Gefälschte Rechnungen für private Anschaffungen. Erfundene Beraterhonorare. Gegengeschäfte bei der Vergabe von Aufträgen. Das ganze Arsenal. «Das kann doch kein Zufall sein, dass ich das genau jetzt lese», hatte Bütikofer gedacht.

Dermassen angeregt, begann sich in seinem Kopf vage eine neue Idee zu bilden. Und sie reifte an diesem Abend um 21.45 Uhr, bei einem weiteren Bier, die Flasche Spanier war ihm irgendwie nicht gut bekommen.

An diesem Abend also, vor einer Flasche Euelbräu, ein Geheimtipp aus Winterthur, tanzten Begriffe einen lustigen Reigen um Bütikofers Kopf, die ihn froh stimmten. Freihändige Vergabe. Ausschluss vom Verfahren. Technische Besonderheiten, für die nur ein Anbieter in Frage kommt. Dringlichkeit. Zeitlich befristete Gelegenheit, Güter zu einem Preis zu beschaffen, der erheblich unter den üblichen Preisen liegt. «Die Bestimmungen über das öffentliche Beschaffungswesen wollen sicher stellen, dass die Vergabestellen für einen wirksamen Wettbewerb sorgen» – für Bütikofer der Schlüsselsatz im Handbuch für Vergabestellen. Wettbewerb!

Bütikofer sah wieder Chancen. Er hatte wieder eine Geschäftsidee. Er spürte das gleiche Feuer aufkommen wie damals, als er sich entschlossen hatte, die Firma DRiVE zu gründen. Er konnte wieder etwas Grosses machen. Bütikofer hatte das Gefühl, endlich wieder der richtige Bütikofer zu sein: Der Geschäftsmann mit dem Auge und der Nase für eine Marktlücke, der keinen Moment zögert, diese Lücke zu füllen.

Bütikofer sass vor seinem Computer und dachte nach. Eigentlich war er verärgert. Ein Bewerbungsschreiben einreichen? Wenn er das gewusst hätte. Bütikofer, Ex-Client Relationship Manager, Ex-CEO von DRiVE, mit seinem ganzen Erfahrungsschatz, geschliffen und gestählt durch jahrzehntelange Arbeit in der Finanzbranche, musste ein Bewerbungsschreiben verfassen? Was gab es da noch zu sagen? Musste er noch begründen, warum er der Beste für diesen Job war? Ganz abgesehen davon, dass es ausser ihm keine ernsthaften Bewerber gab. In diesem Punkt hatte er sich vorsorglich bei Barbara – man konnte sich ja nicht ewig siezen – nach dem Stand der Dinge erkundigt.

Was war denn mit Talent-Management? Mit der Förderung der eigenen Personalressourcen? «Kein Wunder haben die Stellen, welche nicht besetzt werden können. Hier kann die Verwaltung eindeutig noch zulegen!», empörte sich Bütikofer.

Und einmal mehr in seinem Leben atmete Bütikofer tief ein. Und wieder aus.

«Also gut», dachte er, «wenn ich schon ein Bewerbungsschreiben abgeben muss, dann richtig.»

Und so begann Bütikofer, seinen bisherigen Lebenslauf noch etwas anzureichern. Nur um sicher zu sein. Seine Client-Relationship-Management-Erfahrung ergänzte er noch mit Führungspraxis und der Gesamtverantwortung für den Aufbau einer neuen Abteilung. Bescheiden, wie Bütikofer war, beliess er es bei einem 30-köpfigen Team. Auch den Abbau einer Abteilung flocht er ein, um zu zeigen, dass er in kritischen Situationen harte, aber notwendige Entscheide treffen konnte, und zum Ausgleich erwähnte er sein über 20-jähriges Engagement im Rotary Club Zug. Man musste auch zu seinen menschlichen Seiten stehen.

Als Abteilungsleiter war Bütikofer damals selbstredend verantwortlich für Beschaffungen aller Art, und es verstand sich von selbst, dass er als CEO der Firma DRiVE besonderen Wert darauf legte, die Funktion des CSO, des Chief Submission Officers, PERSÖNLICH wahrzunehmen. Weil ihm Submissionen wirklich am Herzen lagen und er über die ethische und juristisch einwandfreie Durchführung von Submissionen schon im Rahmen seiner Diplomarbeit geschrieben hatte. Abschluss mit summa cum laude.

Einen Moment lang war sich Bütikofer unschlüssig, ob er diesen Teil nicht wieder streichen sollte, hier dachte er taktisch, es konnte auch zu viel des Guten sein. Aber er beschloss, es so zu belassen. Schliesslich hatte Abteilungsleiter Bürki etwas von juristischem Grundwissen gesagt.

Bütikofer hatte, einmal mehr, einen kreativen Tag erwischt. So erfand er unter anderem noch das erworbene Zertifikat *Ausschreibungen im Spannungsfeld von ökonomischer, ökologischer und sozialer Nachhaltigkeit* (fünf Tage Intensivkurs, bestanden mit der Note ‹sehr gut›), seinen Preis als *Unkorrumpierbarer Mitarbeiter des Monats Mai*, unterzeichnet höchstpersönlich von CEO Huber, Bank Zumthor, 2003, sowie seine Weiterbildung in *Unternehmen und Ethik*. Letzteres war ein halbstündiges Referat eines Wirtschaftsethikers am Kundenanlass der Bank Zumthor vom 15. Januar 2005, begleitet von Champagner und edlen Apéro-Häppchen, aber das musste ja nicht erwähnt werden und minderte die Qualität des Referats keineswegs. Und dann schloss Bütikofer sein Bewerbungsschreiben mit dem Hinweis, dass die Firma DRiVE, deren Inhaber und CEO er bis anhin gewesen sei, ihre Tätigkeit leider einstellen musste, weil sie von ihren Geschäftspartnern auf übelste Art betrogen wurde. Geprägt von dieser Enttäuschung suche er wieder eine Tätigkeit, die nicht Gewinnoptimierung in den Vordergrund stelle, sondern sinngebend sei. Was diesen Punkt anging, hatte er Frau Müller schon lange genug zugehört.

«Mit diesen Qualifikationen kann nur noch ich übrig bleiben», war Bütikofer überzeugt.

Gemeindeschreiber Meierhans und Personalverantwortliche Müller sassen im Büro und besprachen sich. Die Diskussion dauerte bereits länger, es war inzwischen halb sechs, und der Gemeindeschreiber hatte Bedenken. Die Koordinationsstelle im Bereich Tiefbau mit Bütikofer besetzen? Zugegeben, man fand keine Bauingenieure mehr für diese Aufgabe. Ausgetrockneter Markt. Mehr Pensionierungen, als Studienabgänger. So einfach war das. Nichts zu machen.

Natürlich konnte man die Aufgabe auf das Administrative reduzieren. Wenn es denn nicht anders ging, könnte das so gehen. Und das Administrative, das traute Meierhans dem Bütikofer durchaus zu. Auch Meierhans war schon zu Ohren gekommen, dass Banken einen viel grösseren Verwaltungsapparat und wesentlich mehr interne Richtlinien und Verhaltensregeln hatten als öffentliche Verwaltungen. Auch wenn alle immer vom Gegenteil ausgingen. Also nahm Gemeindeschreiber Meierhans an, dass sich Bütikofer mit administrativen Abläufen auskannte. Aber dass die Hauptaufgabe dieser Funktion in der Koordination der Ausschreibungen lag, das machte ihm doch etwas Bauchweh.

«Was wissen wir denn genau über ihn und seine Vergangenheit?», fragte er jetzt Frau Müller. «Alles irgendwie etwas dubios. Zuerst lange auf einer Bank. Dann eine eigene Firma im Finanzbereich. Vermögen, das einfach verschwunden sein soll. Geschäftspartner, die ihn betrogen haben sollen.

Eine Gesellschaft, die es nicht mehr gibt. Und dann diese komische Geschichte mit dem Autounfall. Es ist mir einfach nicht klar, wie es zu all dem gekommen ist. Sicher kein üblicher Lebenslauf, das musst du zugeben.»

Meierhans machte eine Pause.

«Da müssen wir schon etwas aufpassen. Schliesslich geht es hier um die Vergabe von Millionenaufträgen!»

Frau Müller wehrte sich für ihren Bütikofer: «Da hast du nicht unrecht. Aber dürfen wir Menschen nur an ihrer Vergangenheit messen? Hat nicht jeder von uns schon Fehler gemacht? Warum haben wir solche Einsatzplätze, wenn es nicht darum gehen soll, Menschen eine neue Chance zu geben?»

Eine kurze Pause, um das mal wirken zu lassen.

«Ich muss sagen, Hans (unglücklicherweise hiess Meierhans zum Vornamen Hans), du enttäuschst mich. Wer, wenn nicht der Staat, soll das denn tun, Menschen eine neue Chance geben? Als Gemeinwesen haben wir eine besondere Verantwortung.» Mit Moral kam Frau Müller meistens zum Ziel.

«Und überhaupt: Was ist die Alternative? Die Stelle nochmals ein halbes Jahr unbesetzt lassen? Oder noch länger? Der Bürki dreht schon im roten Bereich. Du hast doch selbst erlebt, wie er gestern eine geschlagene halbe Stunde argumentiert hat, warum er nicht auch noch an der Kadersitzung der kommenden Woche teilnehmen kann. Fünfzehn Minuten dauert die! Ich sage dir, wenn wir nicht rasch eine Lösung finden, haben wir bald ein weiteres Problem. Willst du das verantworten?»

Und um die Situation wieder etwas zu entschärfen: «Im Übrigen hat auch die Personalberaterin vom Regionalen Arbeitsvermittlungszentrum den Bütikofer gelobt. ‹Ich muss sagen, das hätte ich nicht gedacht, der gibt sich tatsächlich

Mühe und will sich integrieren. Ich glaube wirklich, der hat sich verändert.› So hat sie das wortwörtlich gesagt.»

Gemeindeschreiber Meierhans zögerte mit einer Antwort. Natürlich sah er das alles auch. Die Überstunden von Bürki hatten in den letzten drei Monaten dramatisch zugenommen. Schon zweimal war er mit ihm zusammen gesessen, um Entlastungsmassnahmen zu besprechen. Aber Bürki war nicht der Einfachste und wollte unter keinen Umständen eine externe Lösung zulassen, nicht einmal für eine befristete Zeit. Dafür sei dieser Arbeitsbereich viel zu sensibel, hatte er beide Male argumentiert, beide Male mit diesem hochroten Kopf, den er immer bekam, wenn er unter Druck stand, und das brauchte meistens nicht viel.

«Wie sollen wir unsere eigenen Projekte so koordinieren? Wie sollen wir die Fäden so noch in der Hand halten? Den Überblick bewahren?» Die Stimme von Bürki überschlug sich. «Und überhaupt: Wer garantiert uns, dass die Verfahren sauber ablaufen, wenn sie extern gemacht werden?»

Fragen, immer nur Fragen hatte dieser Bürki, und nie eine Antwort.

«Aber Bütikofer?», zweifelte Meierhans. Irgendwie, er konnte nicht sagen warum, war ihm dieser Mensch suspekt. Zu adrett. Zu charmant. Zu geschliffen. Bei dieser Vorgeschichte. «Fast wie ein Heiratsschwindler», ging es ihm durch den Kopf.

«Ich übernehme die Verantwortung», sagte da Frau Müller, die es einfach nicht haben konnte, wenn man ihren Pflanzen vor der Sonne stand. «Ich garantiere dir, dass der Bütikofer seine Arbeit sauber macht und ich ein Auge darauf haben werde.»

Frau Müller und Herr Bütikofer sassen sich im Büro gegenüber und sie strahlte Bütikofer erwartungsvoll an.

«Was ist denn jetzt passiert?», dachte Bütikofer, «will sie mir etwas Wichtiges sagen? Ich hoffe doch, es hat mit meiner Bewerbung zu tun.»

Keine zwei Minuten war es her, dass Frau Müller energisch die Tür zu seinem Zimmer aufgestossen und ihn aufgeräumt gefragt hatte, ob er kurz fünf Minuten Zeit habe. Und nun sassen sie sich gegenüber und Frau Müller schaute Bütikofer an wie eine Mutter ihr Kind anschaut und darauf wartet, dass dieses endlich das Geburtstagsgeschenk öffnet und vor Freude kreischt. So mindestens kam es Bütikofer vor.

«Und, wo ist mein Geschenk?», fragte er in Gedanken und wie wenn Frau Müller ihn gehört hätte, sagte sie nun: «Ich habe gute Neuigkeiten für dich, ..., sehr gute Neuigkeiten», und es schien, als wolle sie sich nach vorne beugen und Bütikofers Hände in die ihren nehmen wie es ein vertrautes Paar tut, das sich an seinem Hochzeitstag zu einem feinen Abendessen getroffen hat.

«Du hast den Job!», platzte es nun endlich aus ihr heraus, und dabei schaute sie Bütikofer an, wie wenn dieser wissen müsste, dass das nur dank ihr so sei. Bütikofer war der Gedanke fremd, dass er etwas jemand anderem zu verdanken hätte, aber er sah die Freude im Gesicht von Barbara, und so ein ganz wenig freute er sich natürlich auch über diese

Nachricht. Obwohl Freude ein grosses Wort war für eine Selbstverständlichkeit.

«Das freut mich jetzt wirklich», hörte sich Bütikofer sagen, er hatte ja das Gespür für Situationen. «Ich bin froh, dass man mir diese Chance gibt.»

«Wie komm ich denn auf so was», dachte Bütikofer, der neben sich sass und sich beobachtete.

«Und ich werde mir alle Mühe geben, euch nicht zu enttäuschen.»

«Bin wirklich ich das, der das sagt?», fragte sich Bütikofer.

«Und das Beste ist», strahlte jetzt Frau Müller, «du kannst gleich nächste Woche beginnen. Ich habe mir bereits Gedanken zu einem Einarbeitungsplan gemacht, schliesslich wollen wir dich in dieser neuen Aufgabe nicht verheizen!»

Und so wie Frau Müller jetzt den Bütikofer anschaute, mit grossen Augen und einem etwas trunkenen Lächeln im Gesicht, hatte Bütikofer plötzlich das Gefühl, vor einer Schlange zu stehen, die ihr Opfer fixierte und nur noch auf den richtigen Moment wartete, um es zu packen und in einem Stück hinunterzuschlucken.

«Findest du nicht, wir sollten das bei einem Glas Prosecco feiern», sagte jetzt Frau Müller, denn eine Frage war es eigentlich nicht.

Und Bütikofer betrachtete die Szene, wie ein Theaterbesucher die Bühne betrachtet, auf einem Stuhl, der plötzlich hart und unbequem geworden war, und er sah Frau Müller, deren Zunge, ganz schmal und mit zwei nach aussen gebogenen Spitzen, aus ihrem Maul glitt und wieder hinein, und daneben sah er Bütikofer, der mit dem Kopf nickte, sich aber sonst nicht zu bewegen getraute und leer schluckte.

Bütikofer war dabei, sich in sein neues Arbeitsgebiet einzuarbeiten. Auch wenn er das Wesentliche schon bei seiner Google-Recherche zusammen getragen hatte. Neben ihm an seinem Arbeitsplatz stand Frau Müller und erläuterte ihm die Arbeiten der kommenden Woche. Sie stand nahe genug, dass sie ihn mit der Hüfte leicht an der Schulter berührte, aber doch nicht so dicht, dass es allzu auffällig war. Falls jemand ins Büro reingeplatzt käme. Trotz ihrer Zuneigung zu Bütikofer blieb sie professionell genug, um Berufliches und Privates zu trennen.

Bütikofer selber war diese Nähe eher unangenehm. Irgendwie war ihm das zu aufdringlich, und er wusste nicht recht, wie er sich verhalten sollte. Die gemeinsame Nacht vor vier Tagen war ihm in zwiespältiger Erinnerung, auch wenn sie nicht völlig freudlos war. Barbara hatte sich wild und ungehemmt gegeben, eine neue Erfahrung für Bütikofer, obwohl er genau das erwartet hatte, nachdem er von ihrem Schlangenblick hypnotisiert worden war. Sie hatte gekeucht und laut geschrien, aber Bütikofer musste dauernd daran denken, dass der kleine Sohn im Nebenzimmer schlief und wie das aussehen würde, wenn dieser plötzlich die Tür öffnete und mit einem Teddybär im Arm vor dem Bett und zwei nackten erwachsenen Menschen stünde. Irgendwie konnte er so nie ganz bei der Sache sein. Beide waren sie ziemlich angetrunken gewesen, die Flasche Prosecco auf leeren Magen hatte ihre Wirkung gezeigt. Wie sonst hätte das überhaupt passieren können?

Erst beim gemeinsamen Morgenessen hatte Bütikofer begonnen, nachdenklich zu werden. Zum einen, weil er es gewohnt war, den Tisch am Morgen gedeckt vorzufinden, wenn eine Frau im Haushalt war. Zum anderen, weil er in der Küche nirgends Kaffee finden konnte. Zwei Schubladen vollgefüllt mit Tee: Schwarzer Tee, Grüner Tee, Darjeeling First Flush, Darjeeling Second Flush, Chai Classic, Fencheltee, Brennnesseltee, Minze, Kamille, Salbei, Freu-Dich Tee, Innere-Ruhe Tee, Atme-Dich-frei Tee, sogar ein Früchte-Kaminfeuer Tee, alles fein säuberlich in Dosen abgefüllt und von Hand beschriftet. Aber kein Kaffee, und er hätte doch dringend etwas gebraucht, um wach zu werden.

Dann war plötzlich ein dünner Knabe in einem Ganzkörperpyjama mit Blumenmuster vor ihm gestanden, mit einem alten und verschmusten Teddybär im Arm, und hatte ihn tatsächlich gefragt, ob er der neue Lebenspartner von Mami sei – genau in diesen Worten. Bütikofer hatte die Augen zusammengekniffen und wieder aufgerissen und gedacht, dass er wirklich einen Kaffee brauche oder sonst irgendwie wach werden müsse. Dem Jungen hatte er keine Antwort gegeben und versucht, so zu tun, wie wenn dieser gar nicht anwesend wäre. Nicht dass er ihm noch eine warme Milch zubereiten müsste.

Und dann hatten sie zu dritt am Morgentisch gesessen, Bütikofer mit einer Tasse Fertigkaffee, der Junge mit einer warmen Schokolade, Frau Müller mit einem Apfel und einer Tasse Tee – wahrscheinlich Gute Morgenlaune – und hatten einander nichts zu sagen. Frau Müller aus Verlegenheit, Bütikofer, weil er nicht in Stimmung war.

Sein Blick war über den Traumfänger geglitten, der oben an der Türleiste hing, zu den Räucherstäbchen, die neben dem

Teekrug in einer dünnen Flasche standen, zu den um ein Gestell geschwungenen, farbigen Batik-Tüchern und schliesslich zur Buddha-Statue, die ihn vom Küchengestell her anlächelte. Oder ihn vielmehr auslachte, wie es Bütikofer schien.

«Wo bin ich hier gelandet?», hatte sich Bütikofer gefragt, und immer noch auf den Buddha geschaut, wie wenn dieser eine Antwort darauf wüsste. «Wie komme ich hier wieder raus?»

Und jetzt waren sie also beide im Büro von Bütikofer, Bütikofer und Frau Müller oder besser Barbara, und auch dass Barbara stand, während er, Bütikofer, sass, behagte ihm nicht, weil es ihm das Gefühl gab, der Unbedeutendere zu sein.

Bütikofer wusste wie gesagt nicht so recht, wie er sich verhalten sollte.

Sich auf die Arbeit konzentrieren?

So tun, als ob zwischen ihnen beiden nichts von Bedeutung gewesen wäre?

Das Thema offen ansprechen, von Erwachsenem zu Erwachsenem?

Oder die Chance für eine weitere Nacht nutzen, aber dieses Mal nicht mehr bei ihr?

Nach vier Wochen in seiner neuen Funktion hatte Bütikofer beschlossen, sein neues Business-Modell einem ersten Test zu unterziehen. Schritt für Schritt wollte er vorgehen, zielstrebig, aber dosiert. Seine neue Geschäftsidee sollte in Etappen umgesetzt werden. Nicht durch Aufschlagen, durch Ausbrüten wird das Ei zum Küken – das wussten schon die alten Chinesen.

Der passende Anlass war eine Studie, welche zu vergeben war: Die Berechnung des Raumbedarfs der Primarschule, unter Berücksichtigung der Schülerzahlen und der pädagogischen Anforderungen, mit einem geschätzten Auftragsvolumen von 20 000 Franken. So über den Daumen gepeilt. Also ein Auftragsvolumen, das man ohne rechtliche Bedenken freihändig vergeben konnte. «Ein schöner Ausdruck, freihändig», dachte Bütikofer, «das hat etwas Spielerisches. Das sagt ja schon, dass ich freie Hand habe.»

Seine freie Hand hatte natürlich ihren Preis, wusste Bütikofer, aber für den Start wollte er nichts überstürzen. Ein gutes Essen in einem guten Restaurant, das war sein unmittelbares Ziel. Und gleichzeitig konnte er austesten, wie sensibel der Markt auf seine Ideen reagiert.

Und so schlug Bütikofer Herrn Klaus vom freihändig ausgewählten Architekturbüro K2S4 vor, den Auftrag zur Klärung des Raumbedarfs der Primarschule bei einem gemeinsamen Mittagessen zu besprechen. Das sei doch auch für ihn am einfachsten. Ob er das Restaurant Sinfonia kenne.

Man traf sich bei lauwarmen Artischocken und Langustenschwanz auf Salatbouquet, Tagliata di manzo und einem Rhabarber-Erdbeertörtli und erörterte den Sachverhalt, abgerundet mit passenden Weinen, einem Espresso und einem Grappa.

Bütikofer erwähnte gleich zu Beginn, wie er es schon am Telefon getan hatte, dass er mit einem Projekt im Umfang von grob 20 000 Franken rechne und man also überhaupt keine grosse Sache mit der Ausschreibung machen müsse. Es sei ihm und dem ganzen Gemeinderat viel wichtiger, dass man einen Unternehmer mit lokalen Kenntnissen beiziehe, schon nur weil es für die Projektabwicklung viel einfacher sei. «Aber ich muss natürlich abklären, ob Ihr Büro für diese Aufgabe geeignet ist», hatte Bütikofer gesagt.

«Ich sehe das ja nicht so eng mit diesen Verfahren», fuhr Bütikofer fort, «auch die Verwaltung muss heutzutage Kosten und Nutzen gegeneinander abwägen. Eigentlich sind Ausschreibungen bei so geringen Summen ja ein Unsinn, ein grosser Aufwand ohne Ertrag, und wir nutzen wirklich jede Chance, um nicht alte Vorurteile gegenüber Verwaltungen zu bestätigen.» Bütikofer machte eine Pause, um sich mit der Serviette einen Resten Sauce von der Oberlippe zu wischen. «Aber eben, ich kann nicht anders, als mich an die Regeln zu halten», fuhr er fort. «Und deshalb ist es am einfachsten, wenn Sie mir drei Referenzprojekte angeben. Ich bin sicher, dass Sie das können. Ich muss nur belegen, dass Sie der Beste für dieses Projekt sind.»

Zwischen der Vorspeise und dem Hauptgang hatte Bütikofer dem geschätzten Unternehmer Klaus das Du angeboten, und man war damit schon ins Private abgerutscht. Auch das war wichtig in der Beziehungspflege: Menschen wollten nicht nur Geschäfte machen, sie wollten auch als Person ernst genommen und verstanden werden. Zudem spürte Bütikofer: Hier hatten sich zwei Unternehmer gefunden.

Beim Dessert fand Bütikofer den Zeitpunkt passend, um auf einige weitere Projekte hinzuweisen, die in näherer Zukunft wieder zur Ausschreibung kommen sollten. Dramatisch seufzte er dabei und sagte mit einem Kopfschütteln, halb zu sich selbst: «Diese modernen Schulen ….»

Und kurz bevor es Zeit war, die Rechnung zu bezahlen, wiederholte Bütikofer noch einmal: «Wenn ich die Referenzangaben erhalten habe, können wir abdrücken, alles unkompliziert.»

Anschliessend wartete er darauf, dass der Unternehmer Klaus die Rechnung zahlen würde. Was der Unternehmer Klaus dann auch tat.

«Geht doch», sagte sich Bütikofer, als er gesättigt und mit zufriedener Miene vor dem Eingang des Restaurants Sinfonia stand und sich von Klaus verabschiedet hatte.

«Hier besteht tatsächlich ein Markt.»

Nur für den Nachmittag musste er noch eine stimmige Lösung finden. Arbeit ertrug Bütikofer einfach schlecht nach solch einem Essen.

Frau Müller konnte sich für einen Moment nicht auf ihre Arbeit konzentrieren. Wieder hatte sie schlecht geschlafen. Auch wenn sie ihren Sohn gern ins Bett nahm, es rächte sich einfach am nächsten Tag. Immer diese Unruhe. Woher hatte das Kind das bloss? Musste sie die Gebirgskristalle umplatzieren? Strahlte der Funkwecker zu stark für diesen jungen Menschen?

Und Bütikofer, der soeben schnell in sein Büro verschwunden war, als ob er es bei ihr nicht lange aushalten würde, machte sie ratlos.

«Er verhält sich so abweisend», ging es Frau Müller durch den Kopf. «Seit unserem Abend vor zwei Wochen spricht er kaum mehr mit mir. Ist es ihm peinlich, dass wir eine Beziehung haben? Haben wir das überhaupt, eine Beziehung? Was haben wir? Eine Affäre?»

Frau Müller kicherte.

«Oder ist das Problem, dass wir am gleichen Ort arbeiten? Oder dass ich Personalverantwortliche bin?»

Irgendwie hätte sie das verstehen können. Sie wusste, wie schnell man am Arbeitsplatz zum Gesprächsthema werden konnte. Wie schnell ein Gerücht im Umlauf war und sich innert Tagen in eine sichere Wahrheit verwandeln konnte. Wie schnell man einen Stempel bekam. Was hatte sie nicht schon alles erlebt: Am Morgen beim Betreten des Büros nicht Grüezi sagen? Nur eine bestimmte Person, aber nicht die ganze

Abteilung zur Kaffeepause auffordern? Sicher nicht charmant, aber musste man deshalb schon von Mobbing sprechen?

Frau Müller seufzte. «Hast du gesehen, der Büti hat sich bei der Müller hochgeschlafen. Nur darum hat er diesen Job bekommen.» Ja, sie konnte sich vorstellen, dass man so über sie sprach. Auch wenn sie an das Gute im Menschen glaubte. Es war zwar ihr Traumberuf, diese Personalgeschichte, aber manchmal menschelte es allzu sehr.

«Wie war das noch mit der Inge Huber?» Sie versuchte, sich zu erinnern. Zuerst ein kleines Stofftierchen neben dem PC, das machen ja noch viele. Dann ein zweites und ein drittes, die erste eigene Pflanze. Eine Fussstütze, ein kleiner Ofen für kältere Tage, Bilder von Mann und Kind, plötzlich durch neue ersetzt, ohne Mann, fertig mit gemeinsamen Ferien am Strand. Auf einmal lag ein lebender Hund unter dem Tisch. Das Nachtessen nahm sie manchmal im Pausenraum ein, Blumen, immer wieder neue Blumen auf dem Tisch, selbst gemalte Bilder an der Wand, und das alles ohne zu fragen. Man war sich nicht sicher, ob sie es nicht mehr ertrug, nach Hause zu gehen oder ob sie sich einfach SEHR häuslich einzurichten begann. Ob sie privat Probleme hatte? Immer heikel, so was anzusprechen.

Oder der Kleinkrieg im Sekretariat zwischen Frau Gerber und Frau Berger – das hatte schon schlecht begonnen mit den Namen, die sich so ähnlich waren. Entstanden war er aus einem nichtigen Anlass, aber er endete damit, dass beide Frauen unabhängig voneinander bei Müller ein Gespräch verlangt und erklärten hatten, dass sie so nicht mehr weiter arbeiten könnten. Dass sie selber kündigen, wenn man der anderen nicht kündige.

Frau Müller hatte damals noch die Illusion gehabt, dass sich solche Probleme im direkten Gespräch mit allen Beteiligten lösen lassen. Aber als Frau Gerber der Frau Berger unterstellte, das Telefon mit Absicht erst nach dem fünften Klingeln abzunehmen, nur um sie zu ärgern, und Frau Berger auf der anderen Seite des Tisches zischte, dass sie drei Nächte lang nicht schlafen konnte, als Frau Gerber ihr das Du wieder entzogen habe, da wünschte sich Frau Müller, ungewollt zwischen die Fronten geraten, weit weg und stellte sich vor, wie sie in einem Sari und mit einem roten Punkt auf der Stirn im Marari Beach Resort in Kerala im Schneidersitz entspannen würde. Einfach im Hier und Jetzt.

Aber zurück zu Bütikofer, der sich so abweisend gegenüber Frau Müller verhielt.

«Habe ich etwas falsch gemacht?», fragte sich Frau Müller. «Bereut er unsere gemeinsame Nacht?» Gehörte Bütikofer zu der sensiblen Sorte Mann, dieser seltenen Spezies, auf die sie doch so ansprach? Einer mit Innenleben? Einer, der sich Gedanken machte, und diese nicht augenblicklich in die Welt schrie – hoppla, da bin ich, hört mir zu – so wie es die meisten Männer taten? Einer mit Tiefgang, der darüber nachdachte, was er tat und was seine Aufgabe im Leben war?

«Ist es ihm vielleicht zu schnell gegangen?» Wieder kicherte Frau Müller leise vor sich hin: das wäre ja fast wie damals in ihrer Jugendzeit. Schon sah sie sich und Bütikofer einander gegenüber sitzen, beide ein oranges Kissen unter dem Gesäss, und jeder würde dem anderen sagen, was er an ihm gut findet. Abwechslungsweise, so dass sich eine Energie zwischen ihnen aufbauen könnte, die sie durch den Rest des Lebens tragen würde.

Angetan von der Perspektive, die sich da in ihrem Kopf aufgetan hatte – alles was gedacht werden kann, kann auch geschehen, das wusste Frau Müller – beschloss sie, Bütikofer zu einem Nachtessen einzuladen. Nur sie und er. Joni würde sie ihrer Mutter abgeben, Terminplan einer Pensionärin hin oder her. Kerzen, Musik, vegetarische Küche. Vielleicht mit Ingwer, Petersilie, Granatapfel und Spargeln, um der Sache etwas nachzuhelfen. Aber es musste nicht sein, sondern durfte sich ergeben.

«Starten wir mit Runde zwei. Mal schauen, was sonst noch geht», sagte sich Bütikofer. Er war zu Hause – er arbeitete neuerdings sozusagen Tag und Nacht – und hatte sich lange überlegt, was die Vergabe eines Auftrages im Umfang von ungefähr 400 000 Franken wert sein könnte. Genau eine solche zeichnete sich nämlich in den kommenden Wochen ab.

«Wenn man ein Angebot erstellt, kalkuliert man Porti und Spesen ein», dachte Bütikofer, «also muss man doch auch eine Akquisitionsprämie in ein Angebot einberechnen. Nichts normaler als das.» Jedem Ökonomen musste doch klar sein, dass mit der Akquisition auch Kosten entstehen. Die Frage war also nur, ob man diese über den Stundensatz oder über eine weitere Ausgabenposition einkalkulierte.

Bütikofer kam zum Schluss, dass ein Auftrag in dieser Höhe 20 000 Franken Wert sein musste. Er nahm zumindest an, dass der Aufwand für die Erstellung einer Offerte etwa in dieser Höhe lag. Das war schliesslich Chefsache, da musste ein Stundensatz von 500 Franken schon drin liegen. Und wenn man bereit war, soviel in eine Offerte zu investieren, musste es doch auch etwas Wert sein, wenn man den Auftrag damit auf sicher hatte. Schliesslich stand man in Konkurrenz – das war halt der negative Aspekt des Unternehmertums.

Bütikofer hatte sich schon ausgemalt, was er mit 20 000 Franken machen würde. Man kann nicht sagen, dass er arm an Einfällen war, aber wen hätte das überrascht.

Eine Woche Ferien in der Toskana? Vielleicht im Il Pelicano bei Porto Ercole? Eine neue Armbanduhr? Vier Magnum-Flaschen Château Pétrus? Aber wohin damit, zurzeit fehlte ihm der geeignete Weinkeller. Im Moment schwankte Bütikofer zwischen einer Franck Muller Uhr, Model Vegas, das Zifferblatt passte in seinen Augen einfach vorzüglich zu seiner aktuellen Situation, und einem Elmo & Montegrappa Füllfederhalter, wahrscheinlich Modell Chaps, mit dem er dann die Verträge signieren könnte. Standesgemäss.

Jetzt musste Bütikofer nur noch einen Auftragnehmer finden, der bereit war, 20 000 Franken zu bezahlen. Das würde doch jeder, war Bütikofer überzeugt. «Wie soll ich das Projekt jetzt vergeben? Dem Meistbietenden? Ich muss das nochmals durchgehen», dachte Bütikofer. «Und noch einen Weg finden, wie die 20 000 Franken ohne Spuren zu mir kommen.»

Und dazu brauchte dann auch Bütikofer etwas länger.

Bütikofer und Frau Müller sassen im Strozzi's Strandhaus an der Seestrasse, abends um halb neun, in weissen Stühlen, draussen auf der Terrasse. Ein wunderschöner Sommerabend. Sonne, aber nicht zu warm, ein leichter, kühler Wind, der vom See her blies. Bütikofer mit einem Glas trockenem Riesling in der Hand, Müller mit einem Mojito.

«Man fühlt sich fast wie in Argentinien», dachte Bütikofer, «wenn nur die vielen Häuser rund um den See nicht wären.»

Das Restaurant war voll, lauter gut gelaunte und gut gekleidete Leute. Auch wenn Bütikofer fand, dass man ab einem gewissen Alter nicht mehr kurze Hosen tragen sollte, Motorboot Marke Boesch hin oder her. Gelächter, dezente Musik, Gläser klirrten. In der Ferne bellte ein Hund, und zwei Kinder sassen auf dem Bootssteg, blond und braungebrannt.

«Das richtige Leben halt», dachte Bütikofer beim Betrachten dieser Szenerie und atmete zufrieden aus. Er hatte das Gefühl, in einem Prospekt zu blättern, den er endlich wieder zugestellt bekam.

Lange war Bütikofer unschlüssig, welchen Ort er für das Essen mit Frau Müller auswählen sollte. Schliesslich erschien ihm das Strozzi's ideal. Was er sich nicht alles überlegt hatte – eigentlich eher gegen seine Natur. Im Strozzi's würden sie niemandem aus der Verwaltung begegnen, da war er sich sicher. Und wenn er es beim einen oder anderen Gemeinderat nicht ausschliessen konnte, schien ihm das nicht dramatisch zu sein. Dann hatte er gerätselt, ob es ein Risiko war, hier seinem früheren Leben zu begegnen. Natürlich nicht dem Leben selbst, sondern einer Figur daraus, so wie wenn sich das Theaterensemble von der Laienbühne in der Pause mit dem *Woyzeck* traf. Und wie würde die Müller reagieren, wenn ihn hier viele Leute grüssen? «Wobei – würden sie das?», fragte sich Bütikofer. Er wusste ja, wie schmal der Grat zwischen Freundschaft und Verrat war – eine scharfe Klinge, auf der man nicht balancieren konnte, ohne sich dabei Verletzungen zuzufügen. Würde sie es seltsam finden, unpassend? Nicht so, wie sie sich ihren Bütikofer vorstellte? Oder würde es ihn interessanter machen?

Aber eigentlich war es Bütikofer egal, was Frau Müller von ihm dachte. Ihn interessierte zurzeit nur eines. Bütikofer war, um es mit einem groben Wort auszudrücken, spitz, und dies liess ihn darüber hinweg sehen, dass er Frau Müller eigentlich langweilig fand. Sie hatten einfach zu wenige Gemeinsamkeiten. Waren nicht vom gleichen Schlag, hatten nicht das gleiche Format.

Trotzdem hatte sich Bütikofer zu diesem Essen überreden lassen, wenn nicht aus Mitleid, dann vielleicht aus einer spontanen Erregtheit. Ach diese Triebe, wohin konnten sie nur führen. Wenigstens hatte er die Sache so lenken können, dass sie sich dieses Mal nicht bei Frau Müller zu Hause treffen mussten.

«Das würde ich nicht noch einmal ertragen», dachte Bütikofer, und schon tauchten wieder Gegenstände aus der Wohnung von Frau Müller auf und umkreisten Bütikofer wie das kleine Gespenst von der Burg Eulenstein. Bütikofer sah Räucherstäbchen, Sitzkissen, Duftkerzen, Teelichter, Tarotkarten und Engelsfiguren, alle drehten sich um seinen Kopf und machten sich lustig über ihn. Hexengelächter.

In seine eigene Wohnung zu gehen, kam nicht in Frage. Dazu war sie zu klein, zu unrepräsentativ, zu ... – es fehlte einfach das passende Wort. Ausserdem wäre es Bütikofer zu privat vorgekommen, mit Frau Müller in seiner eigenen Wohnung ins Bett zu gehen. Dafür kannten sie sich doch zu wenig, Triebe hin oder her.

Und so sassen Herr Bütikofer und Frau Müller an ihrem Tisch im Strozzi's und warteten auf ihre Vorspeise. Frau Müller sah sehr entspannt aus. Sie nahm nochmals einen Schluck von ihrem Mojito, spielte mit dem Strohhalm, drehte ihn mit zwei Fingern hin und her, rührte etwas im Eis, schlug die Augen auf, um Bütikofers Blick zu fixieren, strich sich mit der Zunge ganz kurz vorne über die Oberlippe und stellte das Glas wieder hin, wie um zu sagen, dass sie bereit sei für den nächsten Gang. Bütikofer sah etwas verkrampft aus. Er musste sich aufrechter hinsetzen, damit seine Erregung nicht allzu offensichtlich wurde. Und zwei Gedanken kämpften in seinem Kopf, wie zwei Gladiatoren in der Arena.

Gedanke Nummer eins: «Wo können wir hin, wenn es weder bei mir noch bei ihr sein soll?» Und Gedanke Nummer zwei: «Wie werde ich Müller ohne grosse Szene wieder los?»

Bütikofer und Geschäftsführer Koller vom Ingenieurbüro Müller und Partner sassen im Sitzungszimmer der Gemeindeverwaltung. Bütikofer hatte beschlossen, dass ein Treffen in einem Lokal zu auffällig war. Jetzt war Fingerspitzengefühl gefragt. Aus dem gleichen Grund hatte er 17.30 Uhr als Zeitpunkt gewählt, da er sicher war, dann ausser der Putzfrau niemandem mehr zu begegnen. Bütikofer begann sein Schachspiel – so hatte er das heutige Treffen geplant, Zug um Zug – mit entwaffnender Offenheit.

«Herr Koller, ich habe ein Problem, aber vielleicht können Sie mir dabei helfen», startete er den Eröffnungszug. Da sein Gegenüber schwieg, fuhr Bütikofer fort, wobei er dazu aufstand und um den Tisch lief, um dem Punkt noch mehr Bedeutung zu geben.

«Ich finde Ihr Angebot mit Abstand das beste, Herr Koller. Es ist solide, es ist durchdacht, es kommt sauber daher. Ich habe nur ein kleines Problem, eigentlich eine Nebensächlichkeit.»

Bütikofer machte eine Kunstpause. Koller schwieg weiter.

«Sie wissen ja», und jetzt setzte Bütikofer auf die gemeinsame Verschwörung von ihm und Koller, «bei der öffentlichen Hand ist alles bis ins letzte Detail geregelt. Fast nicht möglich, effizient zu arbeiten. Das ganze Zeug mit dieser Offertenbewertung. Ein undurchsichtiger Katalog von Kriterien! Wer versteht das schon? Und dann die Gewichtung. Wenn man schon im Voraus wüsste, was einem wirklich wichtig ist!»

Koller, so schien es Bütikofer, begann langsam, den Braten zu riechen. Auch wenn er immer noch nichts gesagt hatte.

«Ich will ganz offen mit Ihnen sein, Herr Koller», fuhr Bütikofer fort. «Ihr Angebot ist sachlich das beste. Aber einer Ihrer Konkurrenten schneidet bei den Referenzen wahnsinnig gut ab. Ich finde das ja überbewertet, aber die Referenzen haben in der Beurteilung das grösste Gewicht. Wenn ich mich noch persönlich vor Ort von ihren Referenzprojekten überzeugen könnte, beispielsweise von der Neugestaltung des Zentrums in Lugano, dann würde ich mich für Ihre Offerte stark machen. Mit all meiner Energie.»

Eine erneute Pause.

«Der Zufall will es, dass ich die nächste Woche Ferien habe. Eigentlich wollte ich mal ausspannen, aber im Interesse der Sache würde ich mir die Zeit nehmen. Es geht schliesslich um die Sache, nicht um mich.»

Koller stand sozusagen im Schach.

«Ich habe mich bereits erkundigt», spielte Bütikofer seine Züge weiter, «die Villa Principe Leopoldo hat noch die Lake-Suite für nächste Woche frei.»

Bütikofer hatte sich doch noch gegen Füllfederhalter und Armbanduhr entschieden, und das Problem mit dem Geldfluss konnte er mit dieser Variante elegant lösen.

Sein Gegenüber hatte eigentlich gar nichts gesagt, wenn es hoch kommt etwas gemurmelt. Ab und zu genickt und sich mit einem Taschentuch den Schweiss von der Stirn gestrichen. Aber nur weil es in diesem Sitzungszimmer zu heiss war.

Schachmatt.

«Endlich ein Mann, der mich versteht», dachte Bütikofer.

«Kann ich Ihnen noch einen Kaffee anbieten?»

Bauvorstand Oppliger, der zuständige Gemeinderat, sass mit Bütikofer im Sitzungszimmer. An und für sich eine Routine, die wöchentliche Besprechung der pendenten Geschäfte. In der Regel hiess dies, Bütikofer informierte, was er gerade tat. Schmückte es da und dort ein bisschen aus. Flocht ab und an eine Bemerkung ein, sei es, dass er die vorliegende Unterlage leider erst spät abends fertig stellen konnte, früher sei er nicht dazu gekommen. Sei es, dass die Nachbargemeinde für die gleiche Aufgabe doppelt so viel Stellenprozente zur Verfügung hätte, aber er ja tagtäglich demonstriere, dass es mit weniger Personal gehe. Er versuchte, sich nicht anmerken zu lassen, dass er seine wertvolle Zeit lieber produktiv nutzte. Statt einem Laien seine Arbeit zu erklären.

Bütikofer mochte Oppliger nicht. Ein zu einfacher Mensch. Zu bullig, zu klein, zu laut. Einer, der sich nicht in seine Dossiers einlas, aber trotzdem eine Meinung dazu hatte. Einer, der seine Termine nicht einhielt, wie wenn sein Gemeinderatsmandat ein Hilfsdienst wäre, bei dem man spontan entscheiden konnte, ob das eigene Geschäft nicht doch Vorrang hatte. Bütikofer meinte zu wissen, dass Oppliger auch innerhalb des Gemeinderates nicht besonders beliebt war. Dies schloss er mindestens aus der einen und anderen Bemerkung, die Oppligers Ratskollegen, ohne gross darüber nachzudenken, geäussert hatten. Oppliger passte einfach nicht in die Gemeinde Erlenbach. Irgendwie war er dafür … zu ländlich, zu einfach.

Oppliger also sass Bütikofer gegenüber, die Hände mit den schwulstigen Fingern wie zu einem laschen, halbherzigen Gebet vor sich auf den Tisch gelegt. Er bewegte seinen Kopf langsam hin und her und taxierte Bütikofer mit seinen Augen, so wie ein Schlachter ein Huhn betrachtet und abwägt, wie viel Kraft er in den Schlag legen muss, um ihm den Kopf abzuhauen. Dies war jedenfalls die spontane Assoziation, die Bütikofer hatte, und er schien mit seiner Einschätzung richtig zu liegen, denn kaum hatte er seinen Satz beendet, sprach Oppliger endlich aus, was er scheinbar schon seit längerem loswerden wollte.

Und so setzte Oppliger diese verwünschten Worte in die Welt, die Bütikofer noch einige Zeit beschäftigen sollten und ihm vorkamen wie ein Fluch oder eine Prüfung, die man gar nicht bestehen konnte, weil schon die Frage falsch gestellt war.

«Das Auftragsvolumen für den Friedhofunterhalt liegt bei etwa einhunderttausend Franken, so über den Daumen geschätzt», sagte Oppliger, der die Zahl eigentlich genau kennen musste. «Da könnte man gut eine freihändige Vergabe machen. Oder spricht etwas dagegen?»

Bütikofer wusste natürlich aus eigener Erfahrung, dass wenig gegen eine freihändige Vergabe sprach. Aber Oppliger wollte mehr. «Also könnte auch meine Firma einmal einen Auftrag von der Gemeinde erhalten, nicht immer nur unsere Konkurrenten.»

Oppliger war mit seiner Firma selber in Gartenbau und Grünpflege tätig und versuchte offensichtlich gerade, sich einen Auftrag zu verschaffen.

Oppliger sah Bütikofer fragend an, er war sich schon bewusst, dass das Thema delikat war.

«Selbstverständlich werde ich beim Entscheid des Gemeinderates in den Ausstand treten. Das soll alles sauber ablaufen. Es geht ja nicht darum, dass ich mir etwas zuschanzen will, ich möchte nur die gleichen Chancen haben wie alle anderen auch. Soll ich noch dafür bestraft werden, dass ich mich in der Gemeinde engagiere? Ich finde, so ein Behördenengagement darf sich auch einmal auszahlen. Schliesslich heisst das vor allem viel Arbeit und wenig Geld, und anpflaumen lassen muss man sich auch noch.»

Wenn Oppliger sich zu ereifern begann, war er kaum mehr zu stoppen.

«Du kannst nicht mal in der Migros einkaufen gehen, ohne dass dich einer anspricht und sich über den Dreck auf der Strasse oder die zu vollen Abfallkübel oder den schlechten Winterdienst beklagt. Wie wenn ich persönlich Schnee schaufeln gehen müsste!»

Oppliger machte ein kurze Pause, schlug mit der flachen Hand grossspurig auf den Tisch und fragte: «Also Bütikofer, was meinst du?»

Bütikofer, von Haus aus Analytiker, im Gegensatz zu diesem grobschlächtigen Oppliger, hatte natürlich blitzschnell erfasst, dass dies ein gröberes Problem werden könnte. Aber er liess sich nichts anmerken. Über die Lösung dieses Problems musste er noch etwas länger nachdenken. Er begnügte sich mit einer ausweichenden Antwort.

«Ich muss schauen, was man da machen kann. Das ist nicht so einfach. Auch wenn ich dein Anliegen natürlich verstehe. Aber ich kümmere mich darum.»

Und so sass Bütikofer noch am gleichen Abend bei sich zu Hause, einige leere Flaschen Bier und eine noch etwa halbvolle vor sich auf dem Tisch, mit einem kleinen Notizzettel bekritzelt mit Pfeilen, Ausrufezeichen, Plus und Minus, und vor allem einigen Fragezeichen.

Bütikofer hatte wie bereits beim Gespräch mit Oppliger das Gefühl, dass er einen Test bestehen musste. Dass irgendwo eine Kamera versteckt war, über die ihn der versammelte Gemeinderat beobachtete, und jeder machte sich seine Notizen, zuckte vielleicht mit den Schultern, wie um zu sagen, dass er sich das gedacht habe, oder schüttelte den Kopf, fassungslos, dass es noch viel schlimmer war, als erwartet. Musste er beweisen, dass er integer war? Oder war Oppliger wirklich so schamlos?

Bütikofer kam sich vor wie eine Labormaus, der man ein neuartiges Mittel ins Futter gegeben hatte. Und das Forscherteam schaute nun interessiert, ob die Maus den morgigen Tag noch erleben würde oder nicht. Oder ob ihr ein Geschwür am Hals oder hinter dem linken Ohr wachsen würde.

Bütikofer hatte das Hemd ausgezogen, sass vor dem bisher nutzlosen Stück Papier und wägte nochmals sein Problem ab.

Fachlich war die Situation klar, resümierte Bütikofer den Zwischenstand. Bei Aufträgen, die unbefristet vergeben werden, musste das Auftragsvolumen über den Zeitraum von vier Jahren berechnet werden. So stand es im Handbuch für Vergabestellen. Also musste man den Auftrag öffentlich ausschreiben. Und auch wenn man öffentlich ausschreiben würde, konnte man das Ergebnis natürlich etwas steuern, das war ja das Spezialgebiet von Bütikofer. Mit der Wahl der Eignungs- und Zuschlagskriterien, mit der Gewichtung, mit der Bewertung, mit dem Ermessensspielraum.

Bütikofer war sich aber tatsächlich unschlüssig, ob dies ein Test war. Für einmal liess ihn seine legendäre Menschenkenntnis im Stich. Oppliger war zwar ein einfacher Mensch und normalerweise zu lesen wie ein offenes Buch, aber er hatte auch eine Bauernschläue, die schwer zu greifen war. Und hatte man nicht kürzlich im Gemeinderat darüber gesprochen, wie wichtig die transparente Vergabe von Aufträgen ist? Einfach, weil die Geldbeträge so hoch seien und man eine besondere Verantwortung gegenüber dem Steuerzahler habe? Mindestens so hatte es der Gemeindeschreiber in einem Pausengespräch kurz geschildert. Bütikofer war ja, zu seinem grossen Unverständnis, noch immer nicht mit seiner beratenden Stimme an den Sitzungen des Gemeinderates gefragt.

Wollte der Gemeinderat herausfinden, ob er sich regelkonform verhielt? Wenn das eine Falle war, so stand die Geschäftsidee von Bütikofer auf dem Spiel.

Was aber, wenn Oppliger tatsächlich nur einen Auftrag wollte? Hatte Bütikofer nicht schon oft genug erlebt, dass Menschen alle Prinzipien über Bord warfen, wenn es um das eigene Hemd ging?

«Was also», überlegte Bütikofer laut, «was kann passieren, wenn Oppliger einen Auftrag will und ihn nicht bekommt?»

Eigentlich war das einfach, in diesem Punkt funktionierte Bütikofers Interpretation der Welt noch: Dann hatte er einen Feind mehr. Das nützte ihm nichts. Konnte auch das geschäftsschädigend werden?

Für Bütikofer wurde es immer klarer. Es gab kein sicheres Ja oder Nein. Das war ja gerade, was das Unternehmertum ausmachte, man musste zwischen verschiedenen Risiken abwägen.

Die Frage war, welcher Weg das grössere Risiko für sein Unternehmen bedeutete: Auf den Vorschlag von Oppliger einzugehen oder ihn abzulehnen.

Je länger er darüber nachdachte, desto klarer sah er die Dinge. Und desto mehr empörte er sich über diesen vierschrötigen Oppliger, der skrupellos seine Position ausnutzen wollte und ihn als Verwaltungsangestellten in so ein Dilemma brachte. Und überhaupt kein Verständnis für einen seriösen Umgang mit öffentlichen Geldern hatte. Wenn alle Gemeinderäte so wären!

Bütikofer hatte entschieden: Er musste Seriosität demonstrieren, um sein Geschäft weiter betreiben zu können.

Nach dem fünften Bier und zu fortgeschrittener Stunde wusste Bütikofer, dass er für einmal ein ganz sauberes Ausschreibungsverfahren abwickeln musste. Wasserdicht. Null Toleranz. Auch wenn ihn der geschätzte Einnahmenverlust von 20 000 Franken etwas reute. Aber manchmal musste man die kurzfristigen Interessen zurückstellen und das grosse Ganze sehen. Strategem Nummer 17: Einen Backstein hinwerfen, um einen Jadestein zu erlangen.

Frau Müller war verärgert. Oder besser: zornig. Um nicht zu sagen: fuchsteufelswild!

Der Auberginen-Auflauf stand immer noch im Backofen, vergessen, vertrocknet, verkohlt. Mit einer Deckschicht schwarz wie die Gewitterwolken, die den Kopf von Frau Müller umkreisten.

Die Kerzen auf dem Esstisch waren abgebrannt, Zeichen der Zeit, die Frau Müller vergeblich auf Bütikofer gewartet oder besser verschwendet hatte. Musik lief keine mehr. In solchen Momenten hatte indische Sitar Musik nicht die Wirkung auf Frau Müller, die sie normalerweise hatte. Sie beruhigte dann nicht, sondern nervte nur. Gab dem Ärger noch neues Feuer, blies in die Glut und kratzte in der Wunde.

Tief war sie, die Wunde, die Frau Müller gerade zugefügt worden war. Nicht sichtbar, aber tief.

«Was meint denn dieser Bütikofer!», schnaubte sie. «Dass ich nichts Besseres zu tun habe, als hier auf ihn zu warten, so wie eine Mutter wartet, bis die Kinder vom Spielplatz nach Hause kommen, mit dreckigen Hosen und roten Backen?»

Bereits fünfmal hatte sie seine Handy-Nummer gewählt. Aber niemand nahm ab. Niemand meldete sich, niemand entschuldigte sich, niemand tröstete Frau Müller. Niemand nahm sie in den Arm und sagte ihr, dass sie einfach keine glückliche Hand hatte mit den Männern; wenn die nur wüssten, was sie sich entgehen liessen.

Nochmals drückte sie auf die Anruftaste. Wenn doch nur jemand das Telefon abnehmen würde. Wenigstens sagen würde: «Wen suchen Sie? Herrn Bütikofer? Sind Sie eine Verwandte, weil sonst darf ich jetzt nicht ...»

Aber wieder war nichts zu hören, ausser das Klingelzeichen.

Hatte sie nicht schon schlecht begonnen, diese Verabredung? Hatte sich Bütikofer nicht gesträubt, als sie vorschlug, sich doch wieder bei ihr zu treffen, das hätte einfach mehr Atmosphäre? Hatte er nicht geniert hin und her überlegt, wortlos? Auf den Boden gestarrt, wie wenn da eine Antwort liegen würde?

Sie hatte das letzte Mal noch in Erinnerung. Urplötzlich war Bütikofer im Strozzi's aufgestanden, sie war noch nicht mal fertig mit ihrem Tee, hatte sie an der Hand genommen und gesagt, er kenne da ein Romantik-Hotel. Das sei doch jetzt genau das, was sie beide brauchen würden, eine Atmosphäre, die zur Nähe passe, die sie beide gefunden hätten. Eine Nähe, die er so noch nie erlebt habe, es komme ihm vor wie zwei Geschwister, die getrennt aufgewachsen seien und sich endlich gefunden hätten, aber natürlich nur Geschwister im geistigen Sinne, weil das sonst mit dem Sex ja etwas heikel sei.

Frau Müller war von diesem unerwarteten Wortschwall im ersten Moment etwas irritiert gewesen, es hatte auf eine seltsame Art wie auswendig gelernt und aufgesagt gewirkt. Aber der Gedanke von Bütikofer gefiel ihr. Geschwister, die sich gefunden hatten: Sie fand auch, das beschreibe ihre Beziehung passend. Trotzdem hatte sie keine Freude am Hotelbesuch, denn sie war davon ausgegangen, dass sie nach dem Essen wieder zu ihr nach Hause gehen würden. Sie konnte doch das Nachbarsmädchen nicht die ganze Nacht über bei ihrem Sohn lassen.

Aber da auch sie nicht mehr allzu lange auf die Verschwisterung warten wollte, entschied sie sich, eine SMS zu senden. So hatte es noch etwas Unverbindlicheres, bei einem Telefonat wäre ihr die Lüge zu gross vorgekommen: «Unfall, müssen helfen, kann lange dauern, schlaf doch einfach bei uns. Ok?»

Und heute Abend, nachdem sie Bütikofer dazu gebracht hatte, sich wieder bei ihr zu treffen und sie sogar eine Lösung für ihren Joni gefunden hatte, kam dieser Bütikofer einfach nicht. Liess sie hier sitzen, wie eine verschlossene Blume, die auf die ersten Sonnenstrahlen wartete.

Wie ein Ausverkaufsartikel, den einfach niemand wollte, obwohl der Preis schon zweimal reduziert worden war. So kam sie sich vor.

Ausgerechnet sie, die so viel zu geben hatte und nichts dafür erwartete.

»Warte nur, Bütikofer!», sagte Frau Müller laut und nahm einen grossen Schluck Weisswein. «Dich stelle ich zur Rede!»

Bütikofer genoss die Panoramasicht auf den Luganersee. Er sass auf der Terrasse der Lake-Suite in der Villa Principe Leopoldo, so wie er es im Gespräch mit Geschäftsführer Koller eingefädelt hatte. Die luxuriös eingerichtete 130 m² -Wohnfläche im Rücken, die ganze Einrichtung fein aufeinander abgestimmt. In der rechten Hand hielt er ein Glas gekühlten Lillet, die linke Hand lag im Kübel mit den Eiswürfeln, seine Füsse steckten in Pantoffeln mit einer aufgestickten Krone, dem Signet des Hotels. Was für eine Woche! Gut, dass seine Ferien – oder um präzis zu sein: sein Zusatzengagement in Sachen Ausschreibungen – sich relativ nahtlos an die unglückselige Sitzung mit Oppliger angeschlossen hatten.

«Was für eine Woche!», ging es Bütikofer nochmals durch den Kopf und er hob das Glas, um seinem unsichtbaren Glücksgott zuzuprosten, der sich irgendwo in der Abenddämmerung befinden musste.

Er hätte sich nicht besser fühlen können. Die ganze Woche ein voller Erfolg. Etwas Entspannung im Spa: Die Afabla Star Massage, schon vom Namen her passend, die Sportmassage, ein Muss nach drei Stunden im Lugano Golf Club, die Jet Lag Massage, die versprach, gegen Stress zu helfen, einen Jet Lag hatte er ja nicht. Und dann noch die 90-Minutes Private Suite, welche aber nicht ganz so Private waren, wie er sich das irrtümlicherweise vorgestellt hatte.

Eine Wanderung auf den Monte Brè war selbstverständlich;

eine Ausfahrt mit dem gemieteten Maserati; ein Versuch im Stand Up Paddling, auch wenn er sich anschliessend eingestehen musste, dass er nicht mehr so jung war, wie er sich gerade fühlte.

Die Abendessen nahm er im hoteleigenen Restaurant ein, 16 Gault Millau Punkte, mit ausgezeichneter Küche und einer atemberaubenden Sicht auf den See und die von beleuchteten Häusern eingefassten Berge. Ein Hauch von Rio de Janeiro. In der Regel hielt er sich danach in der Hotel-Bar auf, zusammen mit einem Laphroaig, einem Glenmorangie oder einem Balvenie, keiner davon unter 20 Jahren. Manchmal in Gesellschaft einer Dame, meist doch etwas älter, und selten, zugegeben, mit einer Fortsetzung in seiner Suite. Aber das konnte die Freude von Bütikofer nicht trüben.

Es war genau, wie er es sich vorgestellt hatte. Es war so, wie es ihm entsprach. Es war so, wie früher. Auch die Sache mit der Rechnung verlief, wie schon die ganze Woche, absolut unkompliziert. Man musste einfach überzeugend auftreten. Bedeutung ausstrahlen. Deshalb hatte sich Bütikofer am nächsten Tag rasiert und wieder einen seiner Brioni-Anzüge getragen.

«Schicken Sie die Rechnung an das Ingenieurbüro Müller und Partner in Erlenbach, zuhanden von Herrn Koller, Geschäftsführer, am besten mit dem Vermerk *Submission 07/13*», hatte Bütikofer die Hoteladministration instruiert, seine internen Hotelrechnungen visiert und grosszügig nochmals mit 500 Franken Trinkgeld aufgerundet. Wer wollte den knausrig sein, wenn es um einen Auftrag von 400 000 Franken ging?

«Jetzt brauche ich nur noch eine plausible Erklärung, warum ich eine Woche in der Gemeindeverwaltung gefehlt habe», war sich Bütikofer bewusst. «Aber ich habe im Zug ja noch Zeit, mir etwas einfallen zu lassen.»

Firmenchef Franzen kam gerade zu Traktandum Nummer vier: Auftragsbestand. Ein Thema, das ihm auf den Magen schlug. Die Konkurrenz hatte in den letzten Jahren stark zugenommen, die Margen wurden kleiner, die Akquisition neuer Aufträge immer schwieriger.

Die finanzielle Lage der Firma hatte ihm schon manch schlaflose Nacht bereitet. Die Löhne, das war das Wichtigste, dachte er immer, wenigstens die Löhne muss man rechtzeitig zahlen. Das konnte er seinen Leuten nicht antun, die alle ihr Bestes gaben, Familien hatten, Einkommen zum Leben brauchten.

Sie hangelten sich von Auftrag zu Auftrag. Wiederholt hatten sie einfach Glück, dass im letzten Moment noch eine Zusage kam, das musste er sich selbst eingestehen. Dauernd schwankten sie zwischen Unsicherheit und Hoffnung. Zwischen Enttäuschung und neuer Motivation.

Früher hatte ihm das nichts ausgemacht. Es gehörte einfach zum Geschäft, so wie man beim Baden nass wird. Aber je älter er wurde, desto mehr zermürbte es ihn.

«Bin ich zu alt geworden?», fragte sich Franzen in nachdenklichen Momenten. «Zu gesättigt? Zu faul?»

Der Gedanke an neue Konkurrenz machte ihm Angst. Er fühlte sich wie ein Boxer, der das Vertrauen in seine einstige Schlagkraft verloren hatte. Nur noch die Deckung hoch hielt und hoffte, es in die nächste Pause zu schaffen. Um wieder

Luft holen zu können. Aber wozu? Für die nächsten Schläge? Franzen betrachtete Wiederkehr, Leiter der Abteilung Dienstleistungen, der rechts von ihm sass. Dieser sah schlecht aus, übermüdet, mit Schatten unter den Augen. Wirkte fahrig. Wie wenn es ihm in seinem eigenen Körper nicht wohl wäre.

Franzen konnte ihn nicht richtig einschätzen, auch wenn sie schon über ein Jahrzehnt zusammenarbeiteten.

«Geht es ihm wie mir?», fragte sich Franzen. «Sorgt er sich um das Geschäft, seine Arbeit, seine Leute? Oder ist er schon auf dem Absprung? Hat schon bei der Konkurrenz unterschrieben und weiss nicht, wie er das jetzt sagen soll?»

Wiederkehr rieb sich mit zwei Fingern über die Handballen, wie wenn er versuchen würde, klebrige Essensreste zu entfernen. So wie er es immer tat, wenn er nervös war. Ergriff dann das Papier, das vor ihm auf dem Tisch lag, bog es, klopfte mit den Kanten auf den Tisch und legte es wieder hin. Es schien, als ob er sich nicht mehr unter Kontrolle hätte.

«Ich weiss nicht recht, wie ich das einschätzen soll», durchbrach Wiederkehr endlich die angespannte Stille. «Ich wurde vorgestern von Bütikofer von der Gemeindeverwaltung Erlenbach zum Essen eingeladen. Oder besser: Er hat sich zum Essen eingeladen. Und dann haben wir beiläufig über die Ausschreibung des Strassenunterhaltes gesprochen. Ihr wisst ja.»

Widerkehr schaute kurz in die Runde der versammelten Geschäftsleitung und senkte dann wieder den Blick, zurück in seiner eigenen Gedankenwelt.

«Wir haben in Erlenbach eine Eingabe gemacht, ein Auftragsvolumen von 800 000 Franken. Das würde uns wirklich gut tun, wenn wir diesen Auftrag bekämen, das gäbe uns wieder Luft.»

Wiederkehr schüttelte den Kopf, wie wenn er es selber nicht glauben wollte: «Und dann hat der Bütikofer plötzlich davon gesprochen, wie schwierig das sei, solche Offerten zu beurteilen, für einen wie ihn, der gar nicht vom Fach sei. Und dann müsse man dabei noch objektiv sein, man tue ja so, wie wenn eine Vergabe objektiv sei, und dabei hat er richtig geseufzt.»

Wiederkehr schüttelte nochmals den Kopf.

«Ich habe zuerst gedacht: Was will denn der? Was jammert der? Sitzt auf einem Topf voll Geld und bestimmt über Glück und Unglück von Menschen, die er nicht kennt und nicht versteht. Was beklagt er sich denn, Arbeit von acht bis fünf, das Geld kommt von alleine, keine Sorgen, ausser dass man die Verfahren korrekt abwickelt.»

Der Kopf von Wiederkehr kam nicht mehr zu Ruhe.

«Dann hat er gesagt, dass er vor einem Problem stehe. Er müsse eine Auswahl treffen. Er habe zwei Offerten, die gleichwertig seien und er wisse nicht, wie er sich entscheiden soll. Er hat nie konkret von unserer Ausschreibung gesprochen, das habe ich erst im Nachhinein realisiert, ich war ja so perplex. Aber ich bin sicher, dass er diese gemeint hat. Wieso sollte der sich sonst mit mir über Ausschreibungen unterhalten?»

Wiederkehr atmete tief ein.

«Und dann habe ich auch mal ganz allgemein gesagt, ich sei der Meinung, wenn man zwei gleichwertige Angebote hat, dann solle man das lokale Gewerbe bevorzugen. Auch wenn man das natürlich nicht so sagen darf. Und dann hat er gesagt, genau das sei sein Problem und er müsse das mit dem lokalen Bezug irgendwie anders begründen können. Aber es wolle ihm nichts einfallen. Und dann ist mir endlich der Knopf aufgegangen und ich habe mir gesagt, ja verdammt, wenn wir so zu unserem Auftrag kommen, dann riskier ich das, Moral hin oder her, und ich habe ihn gefragt, ob denn ein Preisrabatt helfen würde. Und dann er: Nein, das gehe nicht, vom Verfahren her seien Nachverhandlungen ausgeschlossen. Und dann ich wieder: Also Herr Bütikofer, ich denke jetzt einfach laut, aber es muss ja kein Rabatt sein, man könnte auch von einem Bonus reden. Wenn ich richtig verstehe, ersparen wir uns ja auch einige Umstände. Bonus, hat dann der Bütikofer gesagt, Bonus, ja das kenne ich, das könnte passen. An wieviel haben Sie denn gedacht?»

Wiederkehr atmetet nochmals tief ein, sehr tief – jetzt musste alles raus.

«Und da habe ich mir gesagt, scheiss drauf, jetzt gehen wir aufs Ganze. Ein Auftragsvolumen von 800 000 Franken, das gibt uns wieder etwas Luft zum Atmen. Was kann das denn wert sein, ein halbes Jahr alle Sorgen los und man kann wieder nach vorne schauen? Also gut, habe ich mir gedacht, wenn es darum geht, 750 000 Franken zu haben oder nicht, dann ist mir das 50 000 Franken wert. Dann sparen wir das halt irgendwo auf der Leistungsseite ein.»

Eine Pause.

«Und ich sehe ihn noch vor mir, den Bütikofer. 50 000 hat er wiederholt, leise, und dann hat er sich mit der Serviette den Mund abgewischt, diese zusammengefaltet und auf den Tisch gelegt, wie wenn sie gar nicht benutzt worden wäre. Ich schwöre euch, es hat ausgesehen, wie wenn er sagen wollte, meine Hände sind sauber. Und dann hat er gesagt, er denke darüber nach und noch einen Schluck Wein genommen.»

Franzen hatte die ganze Zeit zugehört, ohne Wiederkehr zu unterbrechen, und das war sonst nicht seine Art, dafür war er zu ungeduldig. Er hatte den Mund immer noch leicht geöffnet und starrte auf den Tisch oder ins Leere, das war nicht so genau zu erkennen.

«Gibt es doch noch Gerechtigkeit?» dachte Franzen. «Ist es das, worauf ich gehofft habe? Sieht so unsere Rettung aus? Oder gehen wir damit endgültig unter?»

«Lugano, du warst in Lugano?» Frau Müller lachte und schäumte ungläubig, beides zugleich. «Was soll denn das heissen, du warst in Lugano, eine Referenzbesichtigung vor Ort, und dann noch ein unerwarteter Todesfall in der Familie? Und wieso bist du dann so braun gebrannt?»

Bütikofer musste sich eingestehen, dass er diesen Punkt besser hätte durchdenken müssen. Aber was war denn die Müller heute so aggressiv, hatte sie ihre Tage oder was?

«Du kannst doch nicht eine ganze Woche im Geschäft abwesend sein, ohne jemanden darüber zu informieren. Das geht doch nicht. Wir sind ein Dienstleistungsbetrieb! Keine Grillparty!»

«Und übrigens», und bei diesen Worten klopfte Frau Müller Bütikofer mit dem Zeigefinger zweimal auf die Brust, wie wenn es der Joni wäre, «hatten wir am Mittwochabend bei mir zum Essen abgemacht und ich habe auf dich gewartet!»

Bütikofer fiel es wie Schuppen von den Augen. Das also war der Grund für die unzähligen Anrufe von der unbekannten Handy-Nummer. Er hatte diese einfach ignoriert. Keine Lust, das Telefon abzunehmen oder zurückzurufen. Aber zum Nachtessen abgemacht? Da musste er etwas verpasst haben. «Zum Abendessen abgemacht», sagte Bütikofer deswegen vorsichtig, «also, das tut mir leid, äh, ich weiss nicht, ….»

Bütikofer schaute zu Boden.

«Das ist mir wegen diesem Todesfall passiert, …, ich meine, du weisst ja wie das ist, …, man bekommt diese Nachricht und fällt aus allen Wolken, man läuft über eine Brücke, über die man schon tausendmal gelaufen ist, und plötzlich fällt einfach alles auseinander und man stürzt ins Nichts …»

Frau Müller schwankte erstaunlicherweise einen Moment bei dieser Rechtfertigung. Wie leicht liess sie sich erweichen! Doch bei der Erinnerung an den verbrannten Auberginenauflauf, sie hatte den Geruch noch jetzt in der Nase, fiel dieser Anflug von Mitleid wieder in sich zusammen. Wie ein Soufflé, das man im falschen Moment aus dem Ofen genommen hatte.

«Was meinst du eigentlich, wer du bist?» herrschte Frau Müller Bütikofer an, der sich noch immer nicht einer Schuld bewusst war, aber trotzdem den Kopf leicht eingezogen hatte. Präventiv sozusagen.

«Und was meinst du, wen du vor dir hast, schliesslich bin ICH hier die Personalverantwortliche. Das wird noch Konsequenzen haben, das kann ich dir sagen!»

Und so hatte sich Frau Müller den ganzen Tag lang über Bütikofer aufgeregt, dem sie offensichtlich völlig egal war. Sie brachte diese Demütigung einfach nicht aus dem Kopf, und ihre Gedanken drehten sich noch am Abend zu Hause um die Frage, was sie mit Bütikofer tun sollte. Welche Strafe er verdient hatte.

Nachdem sie ihren Joni zu Bett gebracht hatte, malte sie sich einige Foltermethoden aus. Das brachte etwas Linderung in ihrem verletzten Stolz. Bütikofer, der auf einem Stuhl in einem leeren Zimmer sass, die Hände hinter dem Rücken zusammengebunden, ganz eng, von der Deckte tönte chinesische Volksmusik, laut lief immer wieder das gleiche Lied und

Bütikofer zerrte an Handschellen, die in sein Fleisch schnitten, nahe am Wahnsinn.

Oder besser: Bütikofer, der Frau Mahler im Sekretariat beim Telefondienst helfen musste, und von ihr immer wieder korrigiert wurde. «Nein, Herr Bütikofer, das muss schneller gehen, bis Sie den Hörer abnehmen.» «Doch Herr Bütikofer, Sie müssen deutlicher sprechen.» «Notieren Sie sich die Namen der Anrufer, Herr Bütikofer.» «Herr Bütikofer, man muss auch wissen, wann man ein Gespräch wieder beenden muss.» Und Bütikofer, der immer kleiner wurde auf seinem Stuhl, bis er etwa auf die Hälfte seiner Körpergrösse geschrumpft war und in langen Kniesocken und kurzen Hosen mit Gummizug Frau Mahler eingeschüchtert von unten anstarrte. Mit offenem Mund, der sich einfach nicht mehr schliessen wollte.

Oder noch besser: Bütikofer, der zusehen musste, wie sich ein anderer Mann an Frau Müller bediente. Sich den Freuden hingab, die sie gestattete, wenn sie gerade in der Laune war. Prinzessin der Lust, Königin der Nacht. Und Bütikofer musste zusehen, wie ihm sein Schatz gestohlen wurde, den er doch hätte haben können, wenn er nur vernünftig genug gewesen wäre.

Frau Müller war verletzt. Wütend. Sauer. Gekränkt. Alles zusammen, sie wollte sich dies nur nicht eingestehen.

«Enttäuscht», hätte sie geantwortet, wenn man sie gefragt hätte. Aber sie war allein mit sich und ihrer Wut.

Und endlich formte sich der Gedanke, der die dunkle Umklammerung von Frau Müller wieder lösen konnte. Sie wusste jetzt, wie sie es Bütikofer heimzahlen würde. Dafür war sie schliesslich lange genug Personalverantwortliche.

Bütikofer hatte beschlossen, mal was Neues auszuprobieren. Die Erfolge mit den Ausschreibungen machten ihm Mut. Und ein Unternehmer durfte nicht stehen bleiben. Stillstand hiess Untergang, das hatte er erst kürzlich wieder in einem Zeitungsartikel gelesen. Wachsen oder untergehen. So war das.

Deshalb hatte Bütikofer begonnen, eine neue Idee umzusetzen.

Darauf gekommen war er, als er den dritten Bericht zum Strassenzustand in der Gemeinde Erlenbach durchlas und erneut das Gefühl hatte, dass er das doch alles schon mal gelesen habe. 2004, 2007, 2010 – die Jahreszahl spielte gar keine Rolle, es stand immer das Gleiche drin. Oberflächenzustand bei soundso vielen Kilometern schlecht, kritisch, ausreichend, mittel, gut – sehr gut gab es nicht, war ihm noch aufgefallen -, das Gleiche zur Griffigkeit und zur Tragfähigkeit der Strassen, und am Schluss dann eine hohe Zahl, die in den Werterhalt des Strassennetzes investiert werden sollte. Aber keine praktische Relevanz hatte, weil der Oppliger ja eh mache, was er wolle, wie ihm Bürki schon mehrfach geklagt hatte.

Bütikofer war für die gestellten Sachfragen zwar nicht vom Fach, das war ja nicht seine Aufgabe, aber trotzdem klang für ihn alles gleich. Wie vorformulierte Textbausteine, mal so, mal so zusammengesetzt. In keinem Bericht wirklich etwas Neues, gewissermassen ein Musterbrief, für teures Geld vergoldet.

Bütikofer schwankte zwischen Neid und Respekt. Hatten die Ingenieurbüros hier einen Goldesel entdeckt? Ein Perpetuum mobile?

Konsequenterweise hatte Bütikofer entschieden, das nächste Gutachten selber zu erstellen. Natürlich etwas günstiger als die bisherigen Anbieter. Die Gemeinde konnte so Kosten sparen, er hatte einen Auftrag. Eine Win-win-Situation für alle Beteiligten.

Und so kam es, dass der nächste Bericht ‹Erhaltungsmanagement Gemeindestrassen Erlenbach – Zustandsbericht und Investitionsbedarf› von der Firma *GSE – Ihre Experten für Gemeindestrassen* erstellt wurde. Einer Firma, die bisher vor allem in den angrenzenden Kantonen sehr erfolgreich aktiv war, sich aber den Raum Zürich als Marktgebiet erschliessen wolle und deshalb für den Einstieg besonders günstige Konditionen gewähre, wie Bütikofer dem Gemeindeschreiber gegenüber erwähnt hatte.

Bütikofer verbrachte einen ganzen Abend damit, ein passendes Brief- und Berichtslayout zu entwerfen. Das Erscheinungsbild war das A und O eines professionellen Berichts, das hatte sich schon im früheren Leben von Bütikofer gezeigt. Es war erstaunlich, wie schnell dies mit moderner Software ging. Ein Design hier, ein Effekt dort, fertig war die Formatvorlage.

Besondere Mühe gab sich Bütikofer beim Firmenlogo. Er war eher zufällig auf die Idee gestossen, er hatte mit dem Stichwort *Werterhaltung* nach Bildern gegoogelt und es erschienen vor allem Strassen und Geldmünzen. Und so bestand das Firmenlogo aus einem Strich und einem darauf gesetzten

Kreis. Fast sah es aus wie ein Omega, aber eben nicht ganz, und der Strich stand natürlich für die Strasse und der Kreis für das Geld, das musste man eigentlich sofort sehen, wie Bütikofer fand.

Das Wichtigste lag also nach einem Abend Arbeit vor und Bütikofer scheute den Aufwand nicht, handelte es sich doch um eine Investition in die Zukunft. Mit dem Erstellen des Berichts tat er sich dann etwas schwerer, hauptsächlich, weil er den ursprünglichen Text aus einem pdf-Dokument in ein Word-Dokument bringen musste. Das war für ihn doch eine kleine Herausforderung. Für Büroarbeiten war er ja an und für sich zu teuer, aber dieses eine Mal ging es einfach nicht anders. Wenn seine Geschäfte so weiter gingen, könnte er ja eine Sekretärin anstellen, dachte Bütikofer, und schon überlegte er ernsthaft, wie er ihr erklären würde, dass er jeden Tag im Gemeindehaus verbrachte. Wobei das eigentlich einfach war. Das war doch, in den Augen seiner zukünftigen Sekretärin, seine Aufgabe: Die Gemeindeverwaltung zu beraten. Natürlich an Ort und Stelle.

Als er dann endlich den Text aus dem drei Jahre alten Gutachten in das Word-Dokument übertragen und formatiert hatte, musste er als nächstes die Zahlen anpassen. Details waren bei dieser Arbeit eben wichtig.

Und so wurde der Strassenzustand im einen Abschnitt etwas kritischer und im anderen etwas besser, was spielte es schon für eine Rolle, und das wirkte sich dann natürlich auch auf den Investitionsbedarf aus. Der Einfachheit halber beschloss Bütikofer, das berechnete Investitionsvolumen insgesamt etwa gleich zu belassen (eine Bestätigung bisheriger Erkenntnisse), einfach etwas anders auf die Strassen verteilt.

Da er schon darüber gelesen hatte, dass es Software gab, mit der man Plagiatsarbeiten entdecken konnte, arbeitete er anschliessend das Dokument systematisch durch. Er war ja nicht auf den Kopf gefallen. Und ein Schleudertrauma sehnte er sich angesichts seiner wieder erarbeiteten Position nicht mehr zurück. Hier wurde ein *Aber* gestrichen, dort ein *Haus* durch *Liegenschaft* ersetzt, da aus einem Absatz zwei gemacht, ein *mutmasslich* in ein *vermutlich* umgewandelt, ein *Fazit* in eine *Schlussfolgerung,* eine *Empfehlung* in einen *Vorschlag,* das war auch noch weniger aufdringlich. Und natürlich mussten noch die Jahreszahlen angepasst werden, von 2010 auf 2013. Zum Glück war dies Bütikofer kurz vor Redaktionsschluss noch aufgefallen.

Und so kam es, dass nach weiteren zwei Arbeitsabenden das Gutachten zum Strassenzustand 2013 in der Gemeinde Erlenbach abgeschlossen war und nur noch Herrn Bütikofer, Abteilung Tiefbau, Gemeindeverwaltung Erlenbach, zugestellt werden musste. Mit bestem Dank für das Vertrauen und den Auftrag und gerne unterstützen wir Sie im Bedarfsfall auch bei weiteren Abklärungen. Freundliche Grüsse, handschriftlich mit einem Füllfederhalter Meisterstück Solitaire Ceramics Black Prisma Legrand von Montblanc unterzeichnet, von Bütikofer alias Huber, Geschäftsleiter der Firma GSE.

Jetzt fehlte nur noch der wichtigste Arbeitsschritt, das Kernstück, die Pointe: die Rechnung.

Bütikofer hatte lange überlegt, wie viel er in Rechnung stellen sollte. Zwei Parameter waren klar: Einerseits musste der Gesamtbetrag kleiner als 10 000 Franken sein, Mehrwertsteuer eingeschlossen, hier endete seine Unterschriftenkompetenz. Als Bütikofer der Gemeindeverwaltung Erlenbach natürlich, nicht als Huber, Geschäftsleiter der Firma *GSE – Ihre Experten für Gemeindestrassen*. Anderseits musste der Betrag tiefer liegen, als bei den letzten Gutachten, hatte er dies doch dem Gemeindeschreiber sowie einigen weiteren Personen sozusagen zugesichert. Aber welchen Betrag sollte er nehmen?

Im ersten Ansatz überschlug Bütikofer, wie viele Arbeitsstunden er in das Projekt investiert hatte und multiplizierte diese mit einem Stundensatz gemäss Empfehlung der Koordinationskonferenz der Bau- und Liegenschaftsorgane der öffentlichen Bauherren KBOB. 230 Franken, Kategorie A, Projektleiter interdisziplinäre Grossprojekte, Experte. Diese Funktion schien ihm am zutreffendsten.

Das Ergebnis befriedigte Bütikofer noch nicht ganz. «Entweder ist die Zahl der geleisteten Stunden oder der Stundensatz zu tief», dachte Bütikofer. «Eigentlich kann es nur Letzteres sein.»

Die zweite Methode bestand in der Frage, was Bütikofer sich gerne leisten würde. «Habe ich einen offenen Wunsch?», dachte Bütikofer. «Ein Original 68er Mercury Cougar XR-7G? Ferien auf den Seychellen, Denise Private Island, zusammen mit einer Segel-Kreuzfahrt?»

Bütikofer hätte noch einige Zeit diesen Gedanken nachhängen können, doch er realisierte, dass Wünsche und Rahmenbedingungen einfach nicht zusammenpassen wollten. Dass es nicht mehr als 10 000 Franken sein konnten, war ja eh klar.

So erfand Bütikofer, dokumentiert in seinem Meisterstück Notizbuch, relativ spontan die Formel: *Max (10 000) – 2 x Durchschnitt (Differenz 10 000 – Kosten Gutachten 1 bis n) = Optimum.*

Eine reife Leistung, erst recht angesichts der fortgeschrittenen Stunde. Bütikofer musste nur noch die Rechnungsadresse festlegen. «Wohin soll ich das Geld überweisen lassen?», überlegte Bütikofer. «Auf mein eigenes Bankkonto? Das ist zu auffällig. Das merken sogar die auf der Verwaltung! Muss ich tatsächlich eine eigene Firma gründen?»

Bütikofer ärgerte sich über den Aufwand, den ihn erwartete. Wenn er mittlerweile etwas aus eigener Erfahrung sagen konnte, dann, dass Verwaltungsabläufe unwahrscheinlich lange dauerten. Aber er wollte auf Nummer Sicher gehen. «Behalte deine Ziele im Auge, Bütikofer», dachte er, «die Firma kannst du wieder gebrauchen. Zeit hast du ja genug, schliesslich hast du den Auftrag gerade erst vergeben.»

Damit war das Tagewerk von Bütikofer vollbracht. Er legte seinen Füllfederhalter auf den Tisch, lehnte sich zurück und blies die Luft aus dem Mund. Zufrieden mit sich und seinem Tatendrang.

Doch die aufgebrachte Frau Müller vor zwei Tagen heischte weit hinten in seinem Kopf leise um Aufmerksamkeit. Bütikofer war immer noch nicht klar, was er denn Schlimmes getan haben sollte. War sich keiner Schuld bewusst. «Wie die sich aufregen kann», dachte Bütikofer. Ok – möglicherweise hatte er dieses Abendessen vergessen. Aber das konnte passieren, wenn man so beschäftigt war wie er. Das musste die Müller doch verstehen.

«Temperament hat sie, das muss man ihr lassen», dachte Bütikofer. «Kann auch mal forsch auftreten. Nicht nur harmoniesüchtig, wie sonst alle.»

War das seine Versuchung? Dass mal jemand anderer das Kommando übernahm? Er sich einfach mal hingeben konnte?

Bütikofer war am sinnieren.

«Ich bringe der Müller morgen einen Blumenstrauss mit», nahm sich Bütikofer vor. «Mal schauen, wie sie reagiert.»

«Die heutige Sitzung mit Oppliger ist etwas seltsam verlaufen», dachte Bütikofer. Oppliger war einfach nicht mehr der Gleiche. Wenn er es sich recht überlegte, seit er ihm gesagt hatte, dass man sich bei Ausschreibungen an gewisse Regeln halten muss. Bei allem Verständnis für sein Anliegen, aber Verständnis sei genau, was er, Bütikofer, von ihm, Oppliger, auch erhoffe. Lange, sehr lange hatte Bütikofer sich überlegt, wie er das Oppliger sagen sollte. Nicht zu kompliziert, sonst verstand es der Oppliger nicht. Aber auch nicht zu einfach, nicht dass er noch zu diskutieren begann. Nicht zu lehrerhaft, das kam bei Oppliger gar nicht gut an. Aber auch nicht zu unterwürfig. Schliesslich musste Bütikofer hier sein Reich abstecken. Freundlich, aber bestimmt sagen, wie der Hase läuft. Wo der Bartli den Moscht holt.

Und so hatte er sich entschieden, sowohl Verständnis zu zeigen als auch die Regeln nochmals zu klären.

«Ich bin ganz deiner Meinung, Hans, das lokale Gewerbe sollte bevorzugt behandelt werden. Und ich bin absolut einverstanden, dass Leute, die sich für die Gemeinde engagieren, auch etwas davon haben sollten. Erst recht, wenn sie sich mit der Energie einbringen, wie du es tust.»

Lob kam immer gut an, auch bei Oppliger.

«Aber ich muss mich an die Regeln halten. Das ist ja der Sinn dieser Ausschreibungen: gleiche Chancen für alle, Transparenz, keine Mauscheleien. Sorgfältig mit Steuergeldern umgehen! Das ist doch, was der Gemeinderat immer wieder predigt.»

Eigentlich wollte Bütikofer nur das Beste für Oppliger. «In der Praxis ist es doch so: Auch wenn wir das ganze Verfahren völlig sauber durchführen und du den Auftrag bekommst, werden alle sagen, dass es nicht mit rechten Dingen zugegangen ist. Das kann doch nicht in deinem Interesse sein.»

Nochmals eine kurze Pause.

«Du weisst doch, was das für Wellen wirft. Gemeinderat hält sich selber Aufträge zu!»

Das war es, was Bütikofer Oppliger in langsamen Sätzen erklärte. Aber eigentlich dachte Bütikofer etwas ganz anderes: «Was mischt du dich in meine Arbeit ein, Oppliger? Ist das so schwierig zu verstehen, dass man Aufträge nicht einfach verschenken kann? Wo kämen wir da hin?»

Aber das behielt Bütikofer natürlich für sich.

Auf jeden Fall war Oppliger seitdem anders. Wortkarg. Knapp. Geschäftlich. Er lachte nicht mehr über die Witze von Bütikofer. Fragte ihn nicht mehr, wie es läuft.

An sich war das Bütikofer egal. Es ging hier um eine Geschäftsbeziehung, man musste dazu nicht gute Freunde sein. Aber er fragte sich doch, was mit Oppliger los sei.

«Vielleicht hat er Krach mit seiner Frau», dachte Bütikofer. «Oder es läuft in seinem Geschäft nicht so gut. Wer weiss denn schon?» Bütikofer schloss das Thema. Schliesslich hatte er Wichtigeres zu tun: Eine neue Ausschreibung stand bevor, und diesmal ging es wirklich um viel Geld.

Runde vier in Bütikofers Suche nach neuen Geschäftsideen. Es traf ihn wie ein Blitz aus heiterem Himmel. «Wieso bin ich nicht früher darauf gekommen?», dachte er. «Wer, wenn nicht ich, sollte Schulungen zu Ausschreibungen anbieten?» Bütikofer meinte natürlich nicht Schulungen für Verwaltungsangestellte, das wäre ja nichts Neues gewesen. Bütikofer hatte Schulungen für anbietende Firmen im Visier. Hier konnte er sein ganzes Wissen einbringen, das er in den letzten Monaten gesammelt hatte.

Er sah schon den Tagesablauf vor sich: Begrüssungskaffee um 08.30 Uhr, ein Eintretensreferat zum rechtlichen Ablauf um 09.00 Uhr, eine Kaffeepause und anschliessend der Kern der Veranstaltung: Tipps und Tricks im Bewerbungsverfahren. In Gedanken skizzierte er schon eine animierte Grafik, mit der er aufzeigen würde, wie man einen Verwaltungsangestellten mit Verständnis für die Privatwirtschaft von einem Beamten unterscheiden konnte. An der Kleidung. An der Körperhaltung. An der Art, wie er einem die Hand gab. Fester oder lebloser Händedruck.

Betonen müsste er auch das Wording. Man fragt natürlich nicht, wie man das Ausschreibungsergebnis beeinflussen kann, man fragt, welche Aspekte für den Entscheid besonders wichtig sind. Man bietet nicht plump Geld an, das wäre ja geradezu primitiv, fand Bütikofer, der Wert auf ein bestimmtes Niveau legte, sondern lässt einfliessen, dass man ein

Referenzprojekt gerne auch vor Ort demonstriere. Man weist darauf hin, dass die Firma in den kommenden Jahren leitende Posten neu besetzen muss und es fast unmöglich sei, geeignete Personen zu finden.

Programmatisch sah Bütikofer um 12.00 Uhr das Mittagessen vor. Oder besser: den Business Lunch. Oder noch besser: den Social Interval. Schliesslich ging es um den Austausch von Fachwissen und um die Bildung von Netzwerken, nicht um das Essen an sich. Auch wenn er die Verpflegungskosten in seiner provisorischen Kalkulation bereits grosszügig eingerechnet hatte. Am Nachmittag sah Bütikofer eine kurze Auflockerungsrunde vor, vielleicht mit einem Zauberer? «Lassen Sie sich inspirieren, wie man Illusionen erzeugen kann», hörte sich Bütikofer sagen. Anschliessend ein Erfahrungsaustausch, wenn möglich unter der Leitung einer prominenten Fernsehmoderatorin, und zur Abrundung noch ein Fenster für letzte offene Fragen. Wobei Bütikofer vorhatte, die Schulung dermassen stringent aufzubauen, dass am Schluss wirklich keine Fragen mehr offen sein konnten. Aber man wusste ja nie. Irgendwelche Trottel gab es immer.

Bütikofer hatte überschlagsmässig schon den Kursertrag berechnet. Zweimal pro Monat eine solche Schulung, diese Absenz sollte auf der Gemeindeverwaltung erklärbar sein, ein Teilnehmerkreis von durchschnittlich 20 Personen, eine Teilnahmegebühr von 5 000 Franken. Über den Daumen kam Bütikofer so auf einen Umsatz von jährlich zwei Millionen Franken. «Nicht schlecht für einen Nebenverdienst», dachte Bütikofer, «auch wenn die Ausgaben noch abgezogen werden müssen.»

Aber das wirklich Geniale daran war, dass Bütikofer sich mit diesen Schulungen gleichzeitig seine eigene neue Kundschaft aufbauen konnte: neue Anbieter für seine Ausschreibungen, ganz im Sinne des Wettbewerbgedankens. Seine Schulung war Produkt und Akquisition in einem.

«Bütikofer, Bütikofer, was bist du für ein schlauer Fuchs!», schmeichelte sich Bütikofer selber. «Manchmal machst du mir fast Angst.»

Bütikofer war äusserst zufrieden mit sich und der Welt und der Flasche Vega Sicilia, die er gerade zu öffnen im Begriff war. Auch das mit dem Blumenstrauss schien geklappt zu haben. Jedenfalls hatte Frau Müller die halbe Belegschaft bei mindestens drei Gelegenheiten darauf hingewiesen, dass sie von Bütikofer einen Blumenstrauss erhalten habe, und was für einen. Für Bütikofers Geschmack fast etwas zu laut. So war es nicht gemeint. Aber auch auf dieser Ebene sah sich Bütikofer wieder im grünen Bereich. Er war einfach ein Glückspilz. Obwohl natürlich viel Arbeit dahinter steckte. Da liess er sich nicht täuschen. Nicht einmal von sich selbst.

Oppliger stand mit dem Gemeindeschreiber im Vorraum zum Gemeinderatssaal. Die Sitzung war seit fünf Minuten geschlossen, und Oppliger beklagte sich, diskret.

«Darf ich dich fragen, so aus dem Bauch heraus: Was meinst du eigentlich zu Bütikofer? Macht er seine Sache gut?» fragte er Meierhans. Mit nachdenklichem Blick. «Ich muss sagen, ich stand voll dahinter, ihm eine Chance zu geben. Und am Anfang hat er mich positiv überrascht. Aber manchmal braucht es etwas Zeit, bis man eine Person wirklich beurteilen kann.»

Oppliger spickte mit dem Fuss einen unschuldig am Boden liegenden Würfelzucker in die Ecke, die Hände in den Hosentaschen.

«Ich bin mir nicht mehr sicher, ob wir da ein gutes Los gezogen haben», fuhr er fort. «Ich glaube, dass er an seine Grenzen kommt. Er braucht zu viel Zeit, bis er seine Berichte fertig hat. Und, …, ich weiss nicht, wie ich das sagen soll …, auf den ersten Blick wirken sie kompetent und klar. Aber wenn du mal einen Punkt genauer anschaust, dann beginnt das Ganze plötzlich zu wackeln. Es tönt zwar gut, hat aber weder Hand noch Fuss. Oder dann ist es schlicht falsch. Ich weiss nicht so recht.»

Oppliger nahm die Hände aus den Hosentaschen und verschränkte die Arme vor der Brust.

«Aber versteh mich nicht falsch. Ich will den Bütikofer nicht einfach rauswerfen.»

Der Gemeindeschreiber hatte geduldig zugehört. Er hatte sich angewöhnt, zuerst die Meinung seiner Gemeinderäte einzuholen, bevor er selbst Stellung bezog. Jetzt liess er die Bemerkungen von Oppliger noch etwas im Raum stehen, wie wenn sie damit Gelegenheit hätten, sich aus dem Staub zu machen. Falls sie es nicht ernst meinten.

Auch die Pausen hatte er sich antrainiert. In seinen Augen wirkte dies souverän und besonnen. Zum Glück wusste er nicht, wie der Gemeindepräsident darüber dachte!

«Ich war ja von Anfang an skeptisch, ich meine, gerade, wenn man seine Vergangenheit anschaut», begann Meierhans vorsichtig. «Aber die Müller wollte ihm unbedingt eine Chance geben. Und der Bürki hat ja auch dauernd gejammert, dass er nächstens zusammenbricht unter seiner Arbeit und dass die Abteilung ihre gesetzlichen Verpflichtungen nicht mehr einhalten kann. Du weisst ja, wie der Bürki ist.»

Und nach einer erneuten Pause: «Mir ist der Bütikofer etwas suspekt, irgendwie nicht greifbar.»

Oppliger nahm das Zuspiel vom Gemeindeschreiber elegant auf – ein Doppelpass erster Güte: «Da du seine Vergangenheit antönst ..., ich bin mir nicht sicher, ob bei den Vergaben alles sauber abläuft. Also ich kann jetzt nicht sagen, dass etwas Konkretes vorgefallen ist. Aber ich habe ein schlechtes Gefühl. Da solltest du mal ein Auge drauf werfen.»

Und um zu verdeutlichen, dass es natürlich um die Sache ging, nicht um die Person, setzte er noch nach: «Der ganze Gemeinderat steht ja hinter einem professionellen Kontrollsystem.» Oppliger war schon dabei, den Vorraum zu verlassen, den Kaffeebecher hatte er soeben in den Abfallkorb geworfen, drehte sich aber nochmals um: «Ah, und was ich noch sagen wollte, gerüchteweise habe ich gehört, dass der

Bütikofer der Müller nachstellt. Nur, damit du das auch mal gehört hast.»

Und schon war Oppliger um die Ecke verschwunden.

Gemeindeschreiber Meierhans seufzte, nahm den letzten Schluck aus seinem Kaffeebecher und warf diesen ebenfalls in den Abfallkorb. Der Kaffee schien heute einen bitteren Nachgeschmack zu haben. Er fragte sich schon: War die Müller zu gutgläubig?

Frau Müller stand bei Gemeindeschreiber Meierhans im Büro. Zu sitzen wäre aus ihrer Sicht dem heiklen Thema nicht angemessen gewesen. Sie hatte das Gespräch relativ vage begonnen und ihn einfach auf Bütikofer angesprochen. Ganz allgemein, eine Frage nur.

«Bütikofer, was meinst du eigentlich, wie macht er sich?» hatte sie ihn gefragt.

Gemeindeschreiber Meierhans seinerseits hatte gedacht: «Jetzt kommt die auch noch. Was haben die alle mit dem Bütikofer?», aber fürs Erste nur mit den Schultern gezuckt. Müller würde schon sagen, was sie zu sagen hatte.

«Ich bin ja immer hinter Bütikofer gestanden», sagte nun Frau Müller, «das weisst du. Und du weisst, wie wichtig es mir ist, Menschen eine neue Chance zu geben.»

«Ja, wer, wenn nicht wir, würdest du jetzt normalerweise sagen», ging es Gemeindeschreiber Meierhans durch den Kopf.

«Und eigentlich finde ich immer noch, dass er seine Arbeit gut macht. Er gibt sich Mühe, hält sich an Termine, hat seine Pendenzen im Griff.»

«Aber das ist auch nicht, was mir Sorgen macht», fuhr Frau Müller fort. «Die Leistung stimmt. Aber ich wurde jetzt wiederholt auf Punkte angesprochen, die doch etwas speziell sind.»

Frau Müller schwieg und schaute Gemeindeschreiber Meierhans an, wie wenn damit alles gesagt wäre.

«Kannst du etwas konkreter werden?», verlangte Gemeindeschreiber Meierhans. Er konnte sich sehr schnell aufregen, wenn man um den heissen Brei herum redete. Wie wichtig konnte die Sache denn sein, wenn man sie erwähnte, ohne darüber zu sprechen?

«Ja also ...», setzte Frau Müller wieder an, und man sah, dass sie sich schwer tat, fast verlegen war, «... das Ganze ist heikel, ..., wie soll ich sagen, ..., es ist so eine Nähe-Distanz-Geschichte, wenn du weisst, was ich meine. Und ich habe den Personen, die mich ins Vertrauen gezogen haben zugesichert, dass ich ihre Namen nicht erwähne.»

Und schnell setzte sie noch nach: «Ich musste das tun, sonst hätten sie sich mir gegenüber nicht geöffnet. Was bleibt mir anderes übrig? Als Personalverantwortliche bin ich doch ihre Vertrauensperson.»

«Also ich muss schon sagen, mich enttäuscht dieser Bütikofer. Da gibt man sich Mühe, setzt sich für ihn ein, versucht, das Positive zu sehen, die vorhandenen Ressourcen. Und dann so etwas!», fuhr Frau Müller fort. Halb zu sich selbst, aber doch so, dass der Gemeindeschreiber sie hören konnte. Nicht nur hören, sondern auch verstehen, selbstredend, denn das konnte doch gar nicht mehr missverstanden werden.

«Nähe-Distanz-Geschichte!», knurrte Gemeindeschreiber Meierhans innerlich, der sich immer mehr ärgerte, einerseits, weil er Müller jedes Wort aus der Nase ziehen musste, was ja sonst wirklich nicht ihre Art war, andererseits, weil er langsam genug hatte von diesem Bütikofer, der wie ein Gespenst auf seinem Pult tanzte, zwischen seinen Pendenzenbergen, die weiss Gott schon gross genug waren, und Schwierigkeiten machte, ohne anwesend zu sein.

«Wieso können die nicht selber mit dem Bütikofer reden und ihn auf seine Defizite ansprechen?» ärgerte er sich in Gedanken weiter. «Bin ich der Einzige hier, der auch mal ein mühsames Gespräch führen kann?»

«Ja, du kannst dir ja vorstellen», präzisierte Frau Müller nun, die doch auch verstanden hatte, dass der Vorwurf noch ein bisschen grösser, ein bisschen klarer sein musste, «eine Berührung am Arm, die gar nicht notwendig war, vielleicht nur freundlich gemeint, vielleicht aber auch mehr. Ein anzüglicher Witz. Ein Blick in den Ausschnitt. Solche Dinge halt, ohne jetzt ins Detail zu gehen.»

Und nach einer kurzen Pause aber nochmals: «Du weisst, ich kann nicht zu konkret werden, sonst verrate ich die Personen, die sich mir anvertraut haben und darauf zählen, dass sie unerkannt bleiben.»

«Meine Güte», dachte Gemeindeschreiber Meierhans, «kommt das nicht jeden Tag vor? Habe ich der Müller nicht auch schon in den Ausschnitt geschaut?» Er fühlte sich ertappt. Bei diesem Thema war er irgendwie nicht sattelfest.

«Mir hat er kürzlich einen riesigen Blumenstrauss geschenkt, den hast du ja selber gesehen», schob Müller nun noch nach.

«Das trifft es eigentlich auf den Punkt», freute sie sich. «Es ist vordergründig harmlos, aber es kann natürlich heikel werden, wenn man der Personalverantwortlichen solche Geschenke macht. Das kann schnell missverstanden werden. Ich kann damit umgehen. Aber wenn man jung ist? Oder im Sekretariat?»

Bütikofer überschlug den Ertrag seines ersten Geschäftsquartals. Nicht mit viel Buchhaltungszeugs, dazu fehlte ihm noch die Angestellte, und er wollte sich ja auf die wesentlichen Aufgaben konzentrieren. Schon wegen seines hohen Stundensatzes. Seine Aufgabe war es, Erträge zu generieren. Trotzdem nahm er sich vor, die Anstellung einer Sekretärin bei nächster Gelegenheit ernsthaft zu prüfen. Erste Gedanken dazu könnte er sich ja während dem geplanten Wochenendaufenthalt in Paris machen, eine freundliche Einladung der Firma *Franzen Grünarbeiten und Strassenunterhalt*, als Dank für die gute und konstruktive Zusammenarbeit.

Momentan reichte Bütikofer für seinen Quartals-Abschluss noch ein banaler Zettel in seinem Montblanc-Notizbuch, er war es schliesslich gewohnt, das grosse Ganze zu sehen. Ihn interessierten die Tausender, nicht die Stellen hinter dem Komma. Pedanten hatte es in der Gemeindeverwaltung schon genug.

Was er vor sich sah, erfüllte Bütikofer mit Freude. Das Denken in Tausendern hinderte ihn natürlich nicht daran, gewohnt systematisch vorzugehen. Mittlerweile hatte er drei Ertragspfeiler aufgebaut, er sah es glasklar, und dies gab ihm Sicherheit, hatte er doch schon früher gelernt, dass Risiken gestreut werden müssen.

Bütikofer hatte also drei mehr oder weniger gerade Spalten auf den Zettel gezeichnet und diese mit seinen drei

Geschäftsfeldern *Ausschreibungen, Beratungen* und *Schulungen* betitelt. Am meisten zu Buche schlug im Moment der Pfeiler *Ausschreibungen,* hier hatte Bütikofer einen Ertrag von 200 000 Franken eingetragen, wobei er die 50 000 Franken aus dem noch nicht vergebenen Auftrag an die Firma Dälliker Architekten transitorisch bereits als Ertrag gebucht hatte. Periodengerecht, schliesslich war ihm der Aufwand auch schon entstanden. Die mittlere Spalte *Beratungen* führte seine Strassenzustandsanalyse für die Gemeinde Erlenbach im Umfang von total 8 200 Franken auf. Eine Sparte also mit Chancen auf Wachstum, und Bütikofer nahm sich vor, in einer ruhigen Minute mal zu skizzieren, wie er seine Ausgabenkompetenz in der Gemeindeverwaltung erhöhen könnte. Ganz rechts folgte die Spalte *Schulungen,* im Moment noch mit einer Null, aber dass diese noch keinen Ertrag zu verzeichnen hatte, konnte die gute Laune von Bütikofer nicht mindern. In diesem Feld sah er mittelfristig ein enormes Potential.

Nur bei seinem Lohn, den er von der Gemeindeverwaltung erhielt, war sich Bütikofer nicht ganz sicher, wie er ihn in seinem Geschäft verbuchen sollte.

«Ist das ein Ertrag? Ist das nicht eher ein Aufwandposten?»

Bütikofer wog ab. Natürlich war es Geld, das er bekam, also in diesem Sinne ein Einkommen. Anderseits: die Anstellung war eigentlich nur Mittel zum Zweck, quasi ein Produktionsfaktor.

Bütikofer beschloss, es als Spesenentschädigung abzutun. Den wahren Wert seiner Arbeit konnte Erlenbach eh nicht zahlen.

Bütikofer war zufrieden mit seinem Geschäftsgang, seinem Leben, sich selbst. Er lehnte sich zurück und verschränkte die Arme hinter dem Nacken.

«Auch die Müller hat sich wieder beruhigt», dachte Bütikofer. «Ihr Ausbruch vor drei Wochen hat sich wieder gelegt. Was die sich aufregen kann!», staunte er nochmals. Der Blumenstrauss schien seine Wirkung getan zu haben. Manchmal reichen einfache Dinge, und alles kommt wieder in Ordnung. So interpretierte Bütikofer jedenfalls die Frage von Frau Müller, ob er am Sportanlass der Gemeindeverwaltung nicht noch das Frauenteam unterstützen könne. Sie seien eine Person zu wenig und fänden einfach niemanden. Und es gehe ja um den Spass an der Sache, nicht um den Sieg. Er, Bütikofer, verstehe sich ja gut mit Frauen, und dabei, so schien es ihm, zwinkerte sie ihm zu wie um zu sagen, dass alles vergeben und vergessen sei.

Bütikofer fragte sich zwar, ohne es auszusprechen, warum denn Müller nicht selber teilnähme. Sport war ja eigentlich nicht so sein Ding. Aber dann stellte er sich vor, wie er der neuen Mitarbeiterin der Einwohnerkontrolle beim Zieleinlauf Eindruck machen würde, oder vielleicht sogar unter der Dusche – man konnte ja nie wissen. Bütikofer beschloss, sich nicht weiter Gedanken zu machen, sondern die Gelegenheit auf sich zukommen zu lassen. Sport hin oder her. Er tat einen Gefallen. Und er kam wieder mal aus dem Büro.

Koller, Journalist beim Erlenbacher Anzeiger, wartete ungeduldig, bis Gemeindeschreiber Meierhans das Telefon abnahm. Bereits zweimal hatte er ihn zu kontaktieren versucht, mit der Bitte um Rückruf, immer musste das explizit gesagt werden, denn nie fragten die auf der Verwaltung von sich aus, ob man zurückrufen solle. Das war er sich nicht gewohnt. Solche Sachen machten ihn misstrauisch. Schliesslich war er gut genug, wenn es darum ging, über Anlässe der Gemeinde zu berichten. Wollte man ihn hier abwimmeln?

«Meierhans», meldete sich endlich der Gemeindeschreiber nach dem fünften Klingelton, Koller hatte mitgezählt, wie beim Auszählen des alten Jahres, rückwärts von zehn her, und bei null würde er, so hatte er beschlossen, dem Gemeindeschreiber ein geharnischtes Mail senden und mal deutlich sagen, was sich gehöre im Umgang mit Medien. Derart auf das Zählen konzentriert, hatte ihn die Stimme des Gemeindeschreibers kurz aus dem Konzept geworfen. Aber Koller fasste sich schnell.

«Koller vom Erlibacher, grüezi Herr Meierhans. Ich kontaktiere Sie wegen eines Briefes, den wir auf der Redaktion erhalten haben. Anonym. Eigentlich nicht unsere Sache, auf anonyme Briefe einzugehen, aber bei diesem Thema ...»

Koller machte eine kurze Pause.

«Warum nur habe ich dieses Telefon abgenommen», ärgerte sich Meierhans. Er fand diesen Koller sowieso unsympathisch.

Schrieb über Vereinsanlässe, Vernissagen und Senioren-Ausflüge, aber hatte das Gefühl, eine Person von Bedeutung zu sein. Wenn er kam, mussten alle Zeit für ihn haben. Einfach weil das, was er schrieb, im Erlenbacher Anzeiger erscheinen würde. Spielte sich als kritischer Zeitgeist auf, der der Gemeinde und natürlich dem Gemeinderat auf die Finger schauen muss, denn wer, wenn nicht die Presse als vierte Macht im Staat kontrolliere die Verwaltung und die Politik. Und immer sprach er von der Redaktion, wie wenn nicht jeder wüsste, dass er der einzige Angestellte war. Noch ein Wort, das ihn grösser scheinen lassen sollte, als er war.

«In dem Brief geht es um Vorwürfe an die Gemeindeverwaltung», fuhr Koller fort. «Es heisst, dass mehrere Mitarbeiterinnen sexuell belästigt wurden und auch weiter werden und das auf der Verwaltung nicht ernst genommen wird.»

Meierhans hörte, wie Koller maliziös einatmete: «Können Sie dazu Stellung nehmen?»

«Was kommt der jetzt auch noch», dachte Meierhans, «sind denn alle verrückt geworden?» Aber er war erfahren genug, dies nur zu denken. Das war einfach ratsamer, erst recht bei einem solch delikaten Thema. Meierhans beschloss, die Antwort zu geben, die er angemessen fand, und die abgesehen davon absolut der Wahrheit entsprach. Und so sagte er zu Koller: «Tut mir leid, ich kann keine Stellung dazu nehmen, weil uns solche Vorfälle nicht bekannt sind. Und zu anonymen Vorwürfen nehmen wir grundsätzlich keine Stellung.» Und um das Gespräch nicht allzu fest in die Länge zu ziehen, setzte er noch nach: «Kann ich Ihnen sonst noch mit etwas dienen?»

Koller hatte sich artig bedankt, trotz des Ärgers, der in ihm hochstieg und sass nun vor seinem Telefon. Er war wütend. Darüber, wie er abgespiesen worden war. Darüber, wie wortkarg sich dieser Gemeindeschreiber gab. Über sich selber, weil er nicht energischer nachgebohrt hatte. Über seinen Alltag als Lokaljournalist, den er sich doch so ganz anders vorgestellt hatte. Spannender. Investigativer. Kritisch.

Aber Koller war sich sicher. So abgekanzelt zu werden konnte nur heissen, dass an den Vorwürfen etwas Wahres dran sein musste. «Wollen wir doch mal schauen, wie lange die das unter dem Deckel halten können», sagte er zu sich selbst. Überzeugt, dass er einer grossen Sache auf der Spur war.

Diese Pause würde Gemeindeschreiber Meierhans in seinem Leben nicht so schnell vergessen. Grosse Aufregung, ein Gemisch aus Entrüstung: «Woher kommen denn DIESE Vorwürfe?», und Neugierde: «WOHER kommen denn diese Vorwürfe?» Und der schmeichelnde Gedanke, auch mal im Fokus zu stehen: «Hast du gelesen, was die UNS vorwerfen?» Die Pause ging an diesem Morgen auch für Erlenbacher Verhältnisse lange. Und während die einen angesichts der Diskussion noch mehr Appetit hatten, schlug diese den anderen auf den Magen.

«Ich habe schon immer gesagt, dass wir einen Kummerkasten einrichten müssen, bei dem sich das Personal unerkannt äussern kann, gerade in solch heiklen Situationen», sagte Frau Kunz von der Steuerabteilung. Frau Müller, Personalverantwortliche, nahm dies persönlich, sah sie sich doch genau als diese Anlaufstelle, bei der man loswerden konnte, was einen plagte. Aber sie schaffte es, ihren Ärger herunterzuschlucken. Schliesslich verlief die Diskussion in ihrem Sinne.

«Wer kann denn das gewesen sein?», fragte der Meier vom Werkhof. Offensichtlich bestanden für ihn keine Zweifel, dass der Artikel im Erlenbacher Anzeiger nicht wahr sein würde. Schwarz auf Weiss wirkte eben alles realer, auch wenn es mit Fragezeichen und viel Konjunktiv umwickelt wurde, wie die Bohne mit Speck.

«Ist etwas dran an den Vorwürfen?», hatte Koller geschrieben oder besser gefragt, und sich dann aber – unausgesprochen – gleich selbst die Antwort gegeben: «Von der Gemeindeverwaltung war leider keine Stellungnahme zu erhalten. Wird hier etwas unter den Tisch gewischt?» Ein erneutes Fragezeichen, mit der Wirkung eines Serienfeuers.

Koller war sich sicher, dass er auf der richtigen Spur war. Er hatte sich in die Materie vertieft, Dunkelziffern angeführt, vergleichbare Fälle der letzten vier Jahre aufgezählt. Er hatte es sogar geschafft, die Meinung eines bekannten Experten, der eigentlich zu allem etwas zu sagen hatte, einzuholen. Und schliesslich hatte Koller an den Allgemeinsinn appelliert. Es müsse im Interesse der gesamten Gemeinde sein, die Sache restlos aufzuklären. Ohne falsche Rücksicht.

Gemeindeschreiber Meierhans versuchte es während der Pausendiskussion sachlich: «Ich weiss nicht, zu was wir Stellung nehmen sollen. Mir sind keine Vorwürfe bekannt. Das habe ich schon dem Koller gesagt, obwohl er es nicht hören wollte.»

«Das ist wieder typisch Mann!», entrüstete sich darauf Frau Eisenhut aus der Gesundheitsabteilung, die sonst selten etwas zu sagen wagte. Sie bekam einen roten Kopf und stammelte, als sie dem Gemeindeschreiber widersprach, aber man sah ihr an, dass eine jahrelang aufgestaute Empörung über die Ungleichbehandlung von Mann und Frau zum Ausbruch kam. «So etwas kann nur ein Mann sagen, der nicht weiss, wie man als Frau manchmal behandelt wird.»

Für einen kurzen Moment schauten alle im Pausenraum betreten zu Boden, inklusive Frau Eisenhut, welche über ihren eigenen Mut erschrocken war. Gemeindeschreiber Meierhans lag es auf der Zunge zu sagen, dass man ja gar nicht wisse, ob die Vorwürfe von einer Frau oder einem Mann stammten. Schliesslich seien sie anonym. Aber er behielt dies für sich, so wie er des öfteren Gedanken für sich behielt, einfach weil das Leben damit einfacher und weniger aufwändig war. Der Leiter der Bauabteilung, von Haus aus Jurist, überlegte laut, auf welche Art man sich gegen solche Verleumdungen zur Wehr setzen könne. Er gehörte offensichtlich zu denen, die sich schlicht nicht vorstellen konnten, dass solche Dinge auf der Gemeindeverwaltung geschehen. Und darauf meldete sich auch Bütikofer, der Rationale, mit der Bemerkung, man solle doch einfach mal abwarten, ob etwas Konkretes auf den Tisch komme. Dann würde man ja wissen, ob es Handlungsbedarf gebe oder nicht.

Dies wiederum veranlasste die Personalverantwortliche Müller zur Belehrung, dass es hier um mehr als um Fakten ginge, es ginge auch um den Ruf der Gemeindeverwaltung als Arbeitgeberin. Und wenn sich solche Gerüchte halten würden, sehe sie schwarz, so fänden sie keine qualifizierten neuen Mitarbeiterinnen mehr. In diesem Punkt sah sie es gleich wie Frau Eisenhut von der Gesundheitsabteilung. Bei den Opfern konnte es sich nur um Frauen handeln. Es müsse jetzt wirklich etwas geschehen, sonst sei ein normales Arbeiten gar nicht mehr möglich, schloss Frau Müller, obwohl diese Bemerkung eigentlich nicht in den Pausenraum gehörte. Und dabei schnaubte sie und sah Bütikofer so an, als ob nur er es sein könnte, der diese Missbräuche zu verantworten hatte. Zumindest versuchte sie, diese Anklage mit ihrem Blick auszudrücken, der den meisten Anwesenden reichlich bösartig schien.

Gemeinderat Oppliger musste unbedingt nochmals mit Gemeindeschreiber Meierhans zusammensitzen. Ausgerechnet Oppliger, der sonst selten im Gemeindehaus anzutreffen war. Es musste also wichtig sein.

«Ich muss nochmals mit dir über diesen Bütikofer sprechen», hatte Oppliger das Gespräch begonnen, als sie hinter geschlossener Tür im Sitzungszimmer sassen.

«Ich habe wirklich nichts dagegen, dass wir Personen, denen es im Leben nicht gut ging, eine neue Chance geben. Aber es kann nicht sein, dass die Arbeit darunter leidet.»

Oppliger machte eine Pause, wie wenn er sich nochmals auf die passende Formulierung seines Anliegens konzentrieren müsste. Ein heikles Thema zwar, aber ein Thema, bei dem jetzt gehandelt werden musste. Entschlossen.

«Wir haben ja schon einmal darüber gesprochen», fuhr Oppliger fort, «und ich habe wirklich Verständnis für seine Situation. Aber die Arbeit muss stimmen. Und da muss ich einfach sagen: Er hält die Termine nicht ein und die Anträge, die er schreibt, sind schlecht. Am Schluss bade ich es aus. Entweder verliere ich Zeit, weil ich das Geschäft nochmals zurückweisen muss. Oder ich verliere Zeit, weil ich es selber machen muss.»

Gemeindeschreiber Meierhans versuchte nochmals, die Situation zu beschwichtigen: «Ich kann die Verantwortung für die Anträge übernehmen. Du weisst ja, ich bin der Meinung, dass ihr euch als politisch Verantwortliche auf die strategischen Fragen konzentrieren und nicht Texte schreiben sollt.»

Aber Oppliger wedelte den Vorschlag mit seinen fleischigen und kräftigen Händen weg, wie eine lästige Fliege. Nicht das Thema.

«Wie auch immer», sagte Oppliger bestimmt, «du kennst meine Meinung. Bütikofer ist nicht der Passende für diesen Job. Und je schneller wir einen Neuen finden, desto besser.»

«Und übrigens», Oppliger war bereits aufgestanden und zur Tür gelaufen, ein klares Signal, dass alles gesagt worden war, was es zu sagen gab, drehte sich aber nochmals um, «diese Geschichte mit der sexuellen Belästigung. Ich kann mir gut vorstellen, dass das der Bütikofer ist. So wie der die jungen Meitli auf der Einwohnerkontrolle begafft!»

Gemeindeschreiber Meierhans sass erschöpft an seinem Pult, streckte die Arme, zuerst nach vorne, dann nach hinten, drückte den Kopf in den Nacken, gähnte, und liess die Arme wieder zu Boden fallen. Er war froh, endlich allein zu sein. Was für ein langer Tag! Was für eine Aufregung! Was für ein Aufwand ohne Ergebnis.

Er hatte sich vorgenommen, die Situation zu beruhigen. Raum zu geben, um darüber zu sprechen, worüber offensichtlich niemand sprechen wollte. Zuzuhören, ein verständnisvoller Chef zu sein, der Anteil nahm an dem, was seine Mitarbeitenden beschäftigte. Dabei hasste er nichts so sehr wie anonyme Vorwürfe. Man muss zu seiner Meinung stehen, war sein Credo. Für ihn waren anonyme Vorwürfe feige, Thema hin oder her. Man wusste nicht, gegen wen man kämpfen sollte. Keine Chance auf einen Sieg.

Meierhans hatte die gesamte Belegschaft aufgefordert, sich bei ihm zu melden, wenn es konkrete Vorwürfe gäbe. Er werde diese vertraulich behandeln, und er habe volles Verständnis, dass dies für die Betroffenen möglicherweise schwierig sei. Aber mit anonymen Vorwürfen komme man nicht weiter. Das sei nicht im Dienste der Sache. Im Gegenteil, so entstünde nur ein Klima des Misstrauens und das sei das Letzte, das sie in dieser Situation brauchen könnten.

Mehrere Personen hatte er direkt angesprochen, natürlich nicht darauf, ob sie sexuell belästigt werden. Es war ja tatsächlich ein Feld voller Tretminen, ein dunkler Wald mit Fallgruben, nie konnte man sicher sein, ob man noch auf festen Boden trat. Er hatte ganz allgemein die Befindlichkeit abgeholt, wie es denn im Moment so gehe, und es musste gar nicht erwähnt werden, dass jetzt der Moment war, wenn es etwas zu sagen gab.

Aber eben: Nichts.

Natürlich – nein, natürlich war das falsche Wort, es hatte ihn überrascht, dass sie den Mut dazu aufbrachte –, Frau Kunz von der Steuerabteilung hatte ihn angesprochen und ein persönliches Gespräch gewünscht. Aber auch wenn dieses eine Stunde dauerte – es war für ihn klar, er nahm sich die Zeit, die verlangt wurde – kam wenig Konkretes dabei heraus. Eigentlich ging es darum, wer von den Sachbearbeiterinnen jeweils den Schalterdienst übernehmen musste. Klar hatte Frau Kunz etwas davon gesagt, dass die Frau Rufer dem Abteilungsleiter Moser schöne Augen machen würde. Und dass deren freizügige Kleidung nicht zu einem Steueramt passe.

«Diese jungen Dinger von heute, die wissen einfach nicht mehr, was sich gehört», hatte sie gesagt, und in diesem Punkt musste Meierhans ihr Recht geben. Auch er wusste bei den jüngeren Mitarbeiterinnen manchmal nicht, wo er seinen Blick versorgen sollte. Aber sexuelle Belästigung? Im Sinne der Anklage? Das konnte damit nicht gemeint sein.

Bei einigen Personen war Meierhans unsicher, ob sie das Thema überhaupt interessierte. Sie schienen sich eher auf ihre Arbeit konzentrieren und nichts davon hören zu wollen. Andere beschäftigten die Vorwürfe sehr, es war offensichtlich, dass sich die Geschichte auf das Arbeitsverhalten und vor allem, dies galt es ja genauso im Auge zu behalten, auf die Arbeitseffizienz auswirkte. Pausen dauerten länger, da und dort wurde getuschelt, wurden verstohlene Blicke ausgetauscht. Alles schien sich langsamer zu bewegen.

Und die Müller war ihm nochmals in den Ohren gelegen. Er wusste ja, dass sie Recht hatte mit ihrer Sorge um die Mitarbeitenden und das gute Arbeitsklima. Mit ihrer Sorge um die Wirkung auf dem Arbeitsmarkt, wie schnell konnten sich solche Sachen verbreiten, jeder kannte jeden innerhalb ihrer Branche. Mit der Sorge, offene Stellen nicht mehr besetzen zu können und damit den anderen Mitarbeitenden noch mehr aufzuhalsen. Frau Müller, die Sorgende.

Sie hatte ja ihre guten Seiten. Gemeindeschreiber Meierhans hatte gelernt, dass sie sich gerne um das Wohl anderer Menschen kümmerte, eine Art Pflege, ohne dabei Körper zu säubern oder Betten neu beziehen zu müssen. Aber manchmal fand er doch, dass sie übertrieb. Wie gerade jetzt, als sie sich darum sorgte, dass Bütikofer fälschlicherweise als sexueller Belästiger verdächtigt würde. So jedenfalls hatte er ihre Bemerkung im ersten Moment verstanden. «Der Bütikofer hat dem Frauenteam am Sporttag ausgeholfen. Mit seiner offenen Art. Er hat das sicher nur gut gemeint», hatte Frau Müller gesagt.

Aber je länger er darüber nachdachte, desto unsicherer wurde Gemeindeschreiber Meierhans, wie er diese Äusserung zu verstehen hatte.

Bütikofer fand die Aufregung in der Gemeindeverwaltung übertrieben. Eindeutig. Er hatte Besseres zu tun, als Gerüchten nachzulaufen. Über was man alles reden konnte, endlos, ohne etwas Konkretes zu wissen! Wie unproduktiv!

Er hingegen hatte sich ein ehrgeiziges Ziel gesetzt. Er wollte bei seinem Halbjahresabschluss ein Wachstum von 50 % ausweisen können. War er nicht reich an Ideen? Ein Brunnen, der nie versiegt?

Bütikofer war voller Pläne. Recherchen über Firmen zu machen, hatte er sich vorgenommen. Wem lief es gerade nicht so gut? Wer brauchte Aufträge und war deshalb bereit, etwas mehr zu zahlen? Das war eben Marktwirtschaft: Angebot und Nachfrage bestimmten den Preis! Zudem wollte er mit einer genaueren Analyse abklären, in welchen Fällen er eine Ausschreibung überhaupt vermeiden konnte. Beispielsweise mit Eignungskriterien, bei denen sowieso nur eine Firma in Frage kam oder wegen Dringlichkeit. «So kann ich meinen Aufwand reduzieren und gleichzeitig mehrere Projekte vergeben, ohne etwas ausschreiben zu müssen», dachte Bütikofer.

Gerade die Ausnahmeregelungen: eine Wissenschaft für sich. «Soll ich mein Wissen in einer populärwissenschaftlichen Publikation zusammenfassen? So, dass es auch ein Laie versteht?», fragte sich Bütikofer. Seitdem er sich intensiver mit der Materie befasst hatte, war ihm klar, dass nicht jeder sie verstehen konnte. Er sah sich schon als gefragten Referenten, der sein Publikum ab und zu mit einem Witz aufheiterte und so zu spüren gab, dass auch Koryphäen wie er am Ende nur Menschen sind.

Bütikofer hätte noch lange über seine berufliche Zukunft sinnieren können, war er doch voller Ideen und Pläne für noch Grösseres. Trotzdem: Bütikofer fehlte etwas.

Fühlte er sich einsam? Fehlte ihm die Nähe eines anderen Menschen?

Der Sporttag der Gemeindeverwaltung war diesbezüglich nicht sehr ertragreich gewesen, auch wenn ihr Frauenteam den ersten Platz gewonnen hatte. Auf die jungen Mädchen von heute schien er keinen Eindruck zu machen, musste er sich eingestehen. Eigentlich nahmen sie ihn gar nicht wahr. Wie wenn es ihn nicht gäbe. Luft.

«Vielleicht mache ich noch einmal einen Anlauf bei der Müller? Über den Blumenstrauss hat sie sich ja offensichtlich gefreut», sagte er sich.

Bütikofer dachte, dass seine Chancen intakt seien.

Eine Woche war vergangen, und je mehr sich Gemeindeschreiber Meierhans bemüht hatte, die Situation zu klären, desto erfolgloser war er. Nüchtern musste er feststellen, dass an der ganzen Geschichte, ausser einigen vagen Anspielungen, nichts dran war. Eine Luftblase.

Nur der Erlenbacher Anzeiger sah es in seiner aktuellen Ausgabe ganz anders. Es schien, wie wenn Redaktor Koller die Story seines Lebens gefunden hatte – eine Lewinsky-Affäre an der Goldküste, ein Betatscher-Gate, einfach endlich etwas anderes als diese langweiligen Parteianlässe, an denen mehr Vorstandsmitglieder als Interessenten teilnahmen, die aber in der Zeitung immer wirken mussten wie ein voller Erfolg.

Die Vorwürfe wurden im Artikel zwar nicht wesentlich konkreter, hatten aber nur schon aufgrund ihrer Wiederholung ein grösseres Gewicht erhalten. Es werde einfach nichts unternommen, wurde eine anonyme Betroffene zitiert, und damit war wenigstens klar, dass es sich um eine Frau handelte. Die Verwaltung schaue tatenlos zu, obwohl man jetzt doch wisse, was da alles geschehe, und wer weiss, was noch passiere, wenn nicht endlich gehandelt werde, so wurde sie zitiert.

Redaktor Koller hatte natürlich versucht, etwas mit Hand und Fuss, oder noch besser mit Busen bringen zu können, aber er musste die Balance finden zwischen seinem investigativen Gespür und dem Quellenschutz, der in diesem Fall eine ganz besondere Bedeutung hatte. Der Artikel war in einigen, aber nebensächlichen Dingen etwas präziser. Bei der betroffenen Person handelte es sich um eine langjährige Angestellte, war dem Text zu entnehmen, und die Vorfälle seien seit den letzten drei Monaten aufgetreten. Zudem – das konnte man indirekt ableiten – musste es im Gemeindehaus gewesen sein. Werkhof, Altersheim und Sportanlagen schieden also als Tatgebiet aus.

Lange, sehr lange, hatte Frau Müller an den entsprechenden Formulierungen gearbeitet, so wie ein Maler die Leinwand immer wieder überpinselt, bis er endlich zufrieden ist mit seinem Werk. Feinarbeit, nicht mit Farbe und Pinsel, sondern mit Feder und Papier. Arbeit auf Mass. Mit Formulierungen, die Bütikofer als Täter in Frage kommen liessen. Aber doch nicht so, dass sein Name genannt wurde. Klar genug, um zu zeigen, dass gehandelt werden musste. Aber vage genug, um nicht selber in die Geschichte hineingezogen zu werden. Das war natürlich das Wichtigste, und das hatte sie Koller förmlich eingehämmert, auf ihre resolute Art, bis sie das Gefühl hatte, dass er es begriff. Sie war sich nicht sicher, wieweit sein Verstand ging, Jugendfreund hin oder her. Mehrfach musste sie ihm einbläuen, dass es sich nicht um sie handle, sondern um eine andere Person, und manchmal beschlich sie das Gefühl, dass sich Koller mit glänzenden Äuglein Details vorstellte, die gar niemand beschrieben hatte. Auch dass sie intern einfach auf kein Gehör stosse, es sei so schwierig, das Thema auf den Tisch zu bringen, hatte sie ihm mehrfach versichert, nur deshalb suche sie diesen Weg. Und es müsse so geschehen, dass die Opfer nicht öffentlich bloss gestellt würden. Aber bei Männern werde das Thema irgendwie ganz anders wahrgenommen oder habe einen geringeren Stellenwert oder was auch immer. Und ob er, Koller, das als Mann jetzt verstehen könne.

Koller verstand. Schliesslich ging es hier darum, sich und der Welt und vor allem seinem ehemaligen Chefredaktor beim Tages-Anzeiger zu beweisen, dass er eben doch aus echtem Journalistenholz geschnitzt war.

Gemeindepräsident Moser hatte den Erlenbacher Anzeiger auf den Tisch geworfen, eine Geste, die gleichzeitig Verärgerung und Tatkraft ausstrahlte. Mittlerweile hatten die Dinge eine grössere Bedeutung erlangt. Gemeindepräsident und Gemeindeschreiber waren unter sich, im vertrauten Gespräch, die Türen geschlossen. Das Duo, das schon so manche Krise überstanden hatte.

Gemeindepräsident Moser war ein Mann, der sich bewusst nicht in die operativen Dinge der Gemeindeverwaltung einmischen wollte. Das war nicht seine Aufgabe. Doch jetzt war Führung gefragt. Das war jetzt das Wichtigste: Wie konnte man den Ruf der Gemeinde wahren?

Spielte es noch eine Rolle, was tatsächlich passiert war und was nicht? Lange hatten die beiden diesen Punkt hin und her diskutiert. Sie waren selber gespalten. Natürlich spielte es eine Rolle, denn wo käme man hin, wenn man auf jeden unbelegten Vorwurf reagiert. Hiesse das nicht, dass man erpressbar ist? Das eigene Geschick gar nicht in den Händen hält? Aber andererseits: Es gab Momente, in denen man einfach handeln musste. «Hat es beim Rücktritt dieses deutschen Bundespräsidenten, wie hiess der noch, eine Rolle gespielt, ob die Vorwürfe zutrafen?», fragte Gemeindepräsident Moser, rhetorisch. «Wie schnell bekommen kleine Dinge eine grosse Bedeutung», fuhr er fort. «Eine freundschaftliche Geste wird zur Begünstigung. Ein kleines Geschenk zur Bestechung. Ein gemeinsames Nachtessen zu Filz.»

«Plötzlich geht es nur noch um Moral!»

Gemeindepräsident Moser wurde laut und machte mit der rechten Hand eine ausschweifende Bewegung, wie um zu zeigen, wie wenig greifbar dieses Wort war.

«Um Glaubwürdigkeit!»

Noch einmal die Hand, die weit ausholte.

«Um Vertrauen!»

Jetzt hatte Moser beide Arme angewinkelt, die Handflächen nach vorne gedreht, wie um zu sagen, dass er keine bösen Absichten habe.

Gemeindeschreiber Meierhans nickte, er war mit seinem Chef einig. Und so sassen beide schweigend da, als ob es noch etwas zu überdenken gäbe, oder als ob man das Ganze nochmals durchspielen müsse, um den Denkfehler zu sehen, der unzweifelhaft irgendwo noch steckte.

Aber nein: Es war klar. Mittlerweile ging es hier nicht mehr um ein kleines Problem, um eine Frage, die abgeklärt werden musste, um die Prüfung von wahr oder unwahr. Es ging um ein höheres Gut. Es ging um das Vertrauen in die Handlungsfähigkeit öffentlicher Institutionen. Dieses musste wieder hergestellt werden, koste es, was es wolle. Unvorstellbar, wenn dieses Vertrauen verloren ginge. Das durfte nicht sein, nein, das konnte nicht sein.

«Wir müssen zeigen, dass wir noch handlungsfähig sind!», sagte also Gemeindepräsident Moser. «Zeigen, dass wir das Steuer im Griff haben. Verstehst du?»

Gemeindeschreiber Meierhans hatte verstanden. Der Gedanke war ja nicht spontan aufgekommen, sondern hatte sich in den letzten Tagen entfaltet, ein kleiner Kern zuerst, von dem man zu Beginn noch nicht recht wusste, zu was er sich auswachsen würde, der jetzt seine Gestalt gefunden hatte. Ein Bauernopfer musste her. Ein Bauernopfer. Gemeindeschreiber Meierhans hatte gar keine Mühe mit diesem Gedanken. Es gab manchmal Dinge, die man nicht gerne tat, aber die einfach getan werden mussten. So wie man einem verletzen Tier den Gnadenschuss gibt, auch wenn man an ihm hängt. Der Auftrag ging in solchen Momenten vor.

Dass Bütikofer das Bauernopfer war, hatte sich ziemlich rasch ergeben, er war in letzter Zeit einfach zu negativ aufgefallen. Der Know-how-Verlust war bei einem Weggang Bütikofers gering, die Rückendeckung von Oppliger hatte Meierhans auch.

«Nur Abteilungsleiter Bürki wird wieder über seine Arbeitslast jammern», dachte Meierhans, «aber irgendwie ist der ja selber schuld, wenn er sich nicht genug um seinen Mitarbeiter kümmert.» Wie sonst wären die Defizite, die Oppliger bemängelte, zu erklären. Gemeindeschreiber Meierhans musste Bütikofer also loswerden, der Preis dafür, dass in der Gemeindeverwaltung wieder Normalität eintreten konnte. Jetzt musste er nur noch schnell handeln.

Meierhans wusste natürlich, dass dies anstellungsrechtlich ein heikles Unterfangen war. Schliesslich konnte man Bütikofer gar nichts vorwerfen. Auf jeden Fall war nichts dokumentiert. Und so hatte er mit dem Gemeindepräsidenten auch schon die Frage der Abfindung diskutiert. Man wollte einen Schlussstrich ziehen, nicht nochmals eine neue Front eröffnen. Meierhans ging zwar nicht davon aus, dass Bütikofer etwas vom Personalrecht verstand. Aber sicher war man nie. Verletzter Stolz konnte zu einer Kraft werden, die alles mit sich reisst. Auch das hatte er schon erlebt.

Also hatte Meierhans abgewogen, wie er eine anstellungsrechtlich nicht begründbare Entlassung in eine Form bringen konnte, die es Bütikofer möglich machte, die Kröte zu schlucken. Meierhans hatte Bütikofer richtig eingeschätzt: Für ihn war Bütikofer ein Mensch, der Aufwand und Ertrag gegeneinander abwog. Und so machte er ihm im Kündigungsgespräch das Angebot, ihn für die Kündigungsfrist von drei Monaten frei zu stellen und ihm zusätzlich eine Abfindung von sechs Monatslöhnen auszuzahlen. Nicht weil ein Rechtsanspruch bestehe, sondern einfach im Sinne einer unkomplizierten Lösung.

Vom Kündigungsgrund war während des Gesprächs genau genommen gar nie die Rede – vor diesem Punkt hatte sich Gemeindeschreiber Meierhans im Vorfeld doch etwas gefürchtet. Aber Bütikofer hatte gar nicht danach gefragt, so dass Meierhans einen Moment lang unsicher war, ob dieser überhaupt verstand, um was es ging. Da es ihm die Sache erleichterte, sah er darüber hinweg.

Bütikofer, der Gemeindeschreiber Meierhans schweigend und mit leicht geöffnetem Mund gegenüber sass, machte nach aussen hin tatsächlich einen leicht debilen Eindruck.

«Was ist das denn jetzt», dachte Bütikofer, «wo es so gut begonnen hat, wollen die mich wieder loswerden? Haben die etwas gemerkt? Habe ich mich bei einer Ausschreibung verraten?»

Bütikofer konnte dieses Gespräch nicht richtig einordnen. «Haben sie Verdacht geschöpft, können mir aber nichts beweisen? Wieso spricht Meierhans von Kündigung, ohne einen Grund zu nennen? Habe ich einen Fehler gemacht, und sie wollen mich loswerden, ohne den eigenen Ruf zu ruinieren?»

Für einen Moment wusste Bütikofer nicht, wie er reagieren sollte. Schwamm ihm wieder ein ausgezeichnetes Geschäft vor den Augen weg? Wiederholte sich die Geschichte, seine Geschichte? Andererseits: Was hatte er für eine Wahl? Und zudem: Eine Abfindung, das kannte er bereits aus seiner früheren Tätigkeit in einer anderen Branche, wenngleich die Abfindungen damals noch grösser waren.

Meierhans freute sich sichtlich, dass dieses Gespräch einen so einfachen Verlauf nahm. Bütikofer versuchte, sich seine Unsicherheit nicht anmerken zu lassen. Pokerface Bütikofer, eigentlich zu schade für eine Gemeindeverwaltung, mindestens für diese hier. Einer, der im Moment keinen Plan hatte.

In der folgenden Woche, am Dienstag, rechtzeitig vor Redaktionsschluss des Erlenbacher Anzeigers, publizierte die Gemeinde Erlenbach folgende Medienmitteilung:

Die Gemeinde Erlenbach trennt sich per sofort im gegenseitigen Einvernehmen und frei von allen Ansprüchen von ihrem Koordinator Submissionen. Der Gemeinderat will angesichts der Unruhe der letzten Wochen ein klares Zeichen setzen. Er hält in aller Deutlichkeit fest, dass in der Gemeindeverwaltung Erlenbach keine sexuellen Übergriffe geduldet werden und der Schutz der Mitarbeitenden oberste Priorität hat. Der Gemeinderat ist überzeugt, dass sich mit dieser Massnahme die Situation rasch wieder beruhigt. Die Stelle wird in den kommenden Tagen neu ausgeschrieben.

Ganz Erlenbach hatte diese Botschaft verstanden.

Epilog 1:
Gemeinderat Oppliger hatte einen hochroten Kopf, er konnte sich fast nicht mehr erholen. «Hast du das gelesen!», bellte er Gemeindeschreiber Meierhans an, und er schlug dabei mit dem Handrücken auf das Papier, das er in den Händen hielt. «Die Wettbewerbskommission hat zwölf Tiefbaufirmen aus dem Kanton Zürich gebüsst, weil sie untereinander Preisabsprachen gemacht haben. Auch bei Ausschreibungen in unserem Bezirk. Und jetzt wollen die uns nicht einmal sagen, um welche Firmen es sich handelt. Um Selbstanzeiger zu schützen!»

Oppliger gluckste, und beim Wort Selbstanzeiger bog er Zeige- und Mittelfinger beider Hände in der Luft. Für ihn war sonnenklar, dass niemand so etwas freiwillig tat.

«Und wer ist einmal mehr der Beschissene? Die Gemeinde! Wahrscheinlich haben auch wir zuviel bezahlt – und können uns nicht wehren! Manchmal fragt man sich schon, für was man sich das alles antut.»

Epilog 2:
Frau Müller sass bei Gemeindeschreiber Meierhans und suchte etwas Trost. Auf die ausgeschriebene Stelle hatten sich einfach keine geeigneten Kandidaten gemeldet, ganz zu schweigen von geeigneten Kandidatinnen. Letzteres konnte Frau Müller irgendwie verstehen. Würde sie sich um eine Stelle bei einer Gemeindeverwaltung bewerben, die wegen sexueller Belästigung am Arbeitsplatz im Gerede war? Sicher nicht!

«Was machen wir jetzt?», hatte sie Meierhans gefragt. «Laden wir die zwei Kandidaten ein, die eigentlich ungenügend sind? Oder schreiben wir nochmals neu aus? Ich möchte dieses Mal wirklich eine dauerhafte Lösung haben. Aber der Bürki hat schon wieder eine gröbere Krise. Ich glaube, der macht es nicht mehr lange.»

Epilog 3:
Drei Monate nach der Medienmitteilung des Gemeinderates Erlenbach – exakt nach Ablauf des Anstellungsverhältnisses von Bütikofer bei der Gemeinde Erlenbach – erschien folgende Medienmitteilung des Tiefbauamtes Basel-Stadt:

Die seit längerer Zeit vakante Stelle zur Koordination der Submissionen des Tiefbauamtes konnte wieder besetzt werden. Auf den kommenden Monat tritt Dr. Hans Bütikofer die Stelle an. Dr. Bütikofer ist ausgebildeter Jurist mit langjähriger Berufs- und Führungserfahrung und hat sich durch diverse Fachpublikationen im Bereich der öffentlichen Submissionen ausgezeichnet. Es ist damit gelungen, einen profunden Kenner des öffentlichen Vergabewesens zu gewinnen, der auch Erfahrungen aus der Privatwirtschaft einbringen kann. Eine ideale Kombination, um das Tiefbauamt bei der Bewältigung der kommenden Herausforderungen zu unterstützen.